T0258697

BESTSELLER

Patrick Rothfuss nació y vive en Stevens Point, Wisconsin. Fue profesor adjunto de lengua y literatura inglesa en la universidad local, y ahora se dedica exclusivamente a la escritura gracias al éxito de su primera novela, *El nombre del viento*, primer volumen de la trilogía Crónica del Asesino de Reyes. Este título obtuvo el Premio Quill al mejor libro de literatura fantástica y fue seleccionado como una de las diez «joyas ocultas» de Amazon en 2007. Asimismo, ha sido traducido a más de treinta lenguas, se publica en más de treinta países y se considera el debut más fulgurante en literatura fantástica de los últimos años. Su continuación, *El temor de un hombre sabio*, no ha hecho sino confirmar su talento como escritor, y hoy en día sigue cosechando un enorme éxito de crítica y ventas. Recientemente ha publicado *La música del silencio*, una historia protagonizada por Auri, uno de los personajes más emblemáticos de la trilogía. En la actualidad, Rothfuss, quien gracias a su maestría como narrador ha sido equiparado por la crítica especializada con grandes escritores como J. R. R. Tolkien, Ursula K. Le Guin y George R. R. Martin, está trabajando en la tercera entrega de la saga, provisionalmente titulada *The Doors of Stone* (*Las puertas de piedra*).

Biblioteca

PATRICK ROTHFUSS

La música del silencio

Con ilustraciones de
Marc Simonetti

Traducción de
Gemma Rovira

DEBOLS!LLO

El papel utilizado para la impresión de este libro ha sido fabricado a partir de madera
procedente de bosques y plantaciones gestionadas con los más altos estándares ambientales,
garantizando una explotación de los recursos sostenible con el medio ambiente y beneficiosa para las personas.

La música del silencio

Título original: *The Slow Regard of Silent Things*

Primera edición en Debolsillo en España: abril, 2016
Primera edición en Debolsillo en México: marzo, 2016
Primera reimpresión: abril, 2017
Segunda reimpresión: mayo, 2018
Tercera reimpresión: febrero, 2019
Cuarta reimpresión: agosto, 2019
Quinta reimpresión: febrero, 2020
Sexta reimpresión: octubre, 2020
Séptima reimpresión: marzo, 2023

ISBN: 978-607-314-379-0

Impreso en México – *Printed in Mexico*

Para Vi, sin quien quizá no existiría esta historia.
Y para Tunnel Bob, sin quien no existiría Auri.

Prólogo del autor

Quizá no quieras comprar este libro.

Lo sé, se supone que un autor no debe decir estas cosas. A la gente de marketing no le va a gustar nada. A mi editora le va a dar un ataque. Pero prefiero ser sincero contigo desde el principio.

En primer lugar, si no has leído mis otros libros, es preferible que no empieces por este.

Mis dos primeros libros se titulan *El nombre del viento* y *El temor de un hombre sabio*. Si sientes curiosidad por mi obra, empieza por ahí. Son la mejor introducción a mi mundo. Este libro trata sobre Auri, uno de los personajes de esa serie. Sin el contexto de los otros libros, seguramente no entenderías nada.

Y segundo: aunque hayas leído mis otros libros, creo que es justo que te advierta que esta es una historia un poco rara. No me gustan los *spoilers*, pero me limitaré a decir que es... diferente. No hace muchas de las cosas que tiene que hacer una historia a la manera clásica. Y si lo que buscas es una continuación de la historia de Kvothe, aquí no vas a encontrarla.

Por otra parte, si te gustaría saber algo más sobre Auri, esta novela tiene mucho que ofrecerte. Si amas las palabras, los misterios y los secretos. Si sientes curiosidad por la Subrealidad y la alquimia. Si quieres saber más sobre los giros ocultos de mi mundo...

Pues bien, entonces este libro quizá sea para ti.

El fondo de las cosas

Al despertar, Auri supo que faltaban siete días.

Sí, estaba segura. Él iría a visitarla al séptimo día.

Era mucho tiempo, una larga espera. Sin embargo, no tanto teniendo en cuenta todo lo que había que hacer. Al menos, si quería hacerlo con cuidado. Si quería estar preparada.

Auri abrió los ojos y vio un atisbo de luz tenue. Eso era algo muy inusual, porque se encontraba bien escondida en Manto, el más íntimo de sus rincones. Así pues, era un día blanco. Un día profundo. Un día de hallazgos. Sonrió, y en su pecho burbujeó la emoción.

Pese a ser escasa, la luz le permitió distinguir la pálida silueta de su brazo cuando buscó a tientas el cuentagotas que estaba en el estante junto a la cama. Lo desenroscó y echó una sola gota en el plato de Foxen. Al cabo de un momento, este empezó a iluminarse, y poco a poco fue adquiriendo un azul crepuscular.

Con movimientos concienzudos, Auri retiró su manta para que no tocara el suelo. Se levantó, y cuando las plantas de sus pies pisaron el suelo de piedra, lo notó caliente. Encima de una mesa, cerca de su cama, había una vasija junto a una pastilla de delicadísimo jabón. Nada se había alterado durante la noche, y eso era buena señal.

Auri echó otra gota directamente encima de Foxen. Vaciló

un instante, sonrió y dejó caer una tercera gota. Los días de hallazgos no eran para medias tintas. Entonces recogió su manta y la dobló una vez y otra más, sujetándola esmeradamente con la barbilla para que no rozara el suelo.

La luz de Foxen seguía aumentando. Al principio no era más que un parpadeo, una motita, una estrella lejana; pero cada vez relucía más, como una luciérnaga. Su resplandor siguió intensificándose, y al final era todo él luz trémula; posado en su plato, parecía una brasa verde azulada, algo más grande que una moneda.

Auri le sonreía mientras él acababa de crecer por completo e inundaba todo Manto con su luz blanca azulada, brillante y auténtica.

Entonces Auri miró alrededor y vio su cama, perfecta. Era del tamaño ideal para ella, y muy pulcra. Miró su silla, su arcón de madera de cedro, su tacita de plata.

La chimenea estaba vacía, y sobre la repisa descansaban su hoja amarilla, su caja de piedra y su tarro de cristal gris, con dulces flores de lavanda secas. Nada era nada más. Nada era nada que no debiera.

Había tres caminos para salir de Manto: un pasillo, un portal y una puerta. La puerta no era para ella.

Auri salió por el portal y entró en Puerto. Foxen seguía descansando en su plato, de modo que allí su luz era más débil, pero aún lo suficientemente intensa para alumbrar. Aunque en Puerto no había habido mucho movimiento últimamente, Auri lo inspeccionó todo. En el botellero había media bandeja de porcelana rota, no más gruesa que un pétalo de flor. Debajo había un libro en octavo con tapas de piel, un par de corchos, un ovillo diminuto de cordel. Un poco más allá estaba su preciosa taza de té blanca, que lo esperaba con una paciencia que Auri envidiaba.

En el anaquel de la pared había: una gota de resina amarilla en un plato; un pedrusco negro; un guijarro gris; un trozo de madera liso y plano. Aparte de todo lo demás, había una botellita minúscula con el cierre de brida abierto que recordaba a un pajarillo hambriento.

En la mesa del centro un puñado de bayas de acebo descansaba sobre un impecable paño blanco. Auri las contempló un instante, y luego las puso en el estante para libros, más adecuado para ellas. Miró alrededor y asintió, satisfecha. Todo en orden.

De vuelta en Manto, Auri se lavó la cara, las manos y los pies. Se quitó el camisón, lo dobló y lo guardó en el arcón de madera de cedro. Se desperezó, feliz; levantó los brazos y, poniéndose de puntillas, estiró todo el cuerpo.

Luego se puso su vestido favorito, el que le había regalado él. La tela le acarició dulcemente la piel. Auri sintió que su nombre ardía como un incendio en su interior. Iba a ser un día de mucho ajetreo.

Auri recogió a Foxen y se lo llevó en la palma de la mano ahuecada. Atravesó Puerto colándose por una brecha irregular de la pared. No era una brecha muy ancha, pero Auri era tan menuda que apenas tuvo que girar los hombros para no rozar los bordes de piedra. No le costó nada pasar por ella.

Caraván era una habitación de techos altos y paredes rectas y blancas de sillares de piedra. Una estancia vacía, salvo por el espejo de cuerpo entero de Auri, en la que resonaba el eco. Sin embargo, ese día había otra cosa: un atisbo de luz de sol. Se filtraba por la parte superior de un portal rellenado con escombros: vigas rotas, trozos de piedra. Pero allí, en lo más alto, una manchita de luz.

Auri se plantó ante el espejo y cogió el cepillo de cerdas naturales que colgaba del marco de madera. Se cepilló el pelo, enmarañado por el sueño, hasta que quedó suspendido a su alrededor como una nube.

Tapó con una mano a Foxen, y sin su resplandor verde azulado la habitación quedó completamente a oscuras. Entonces Auri abrió mucho los ojos y solo vio la suave y débil manchita de luz cálida que se filtraba entre los escombros que tapaban el portal a sus espaldas. Una pálida luz dorada quedó atrapada en su pelo dorado pálido. Auri se sonrió a sí misma en el espejo. Parecía el sol.

Levantó la mano para destapar a Foxen y se deslizó rápidamente en el extenso laberinto de Rúbrica. No tardó ni un minuto en encontrar una tubería de cobre con el envoltorio de tela apropiado. En cambio, encontrar el lugar perfecto no iba a ser tan sencillo, ni mucho menos. Siguió el trazado de la tubería por los túneles de paredes curvadas de ladrillo rojo durante casi un kilómetro, esforzándose para no perderla de vista entre aquella maraña de tuberías.

De pronto, sin previo aviso, la tubería se doblaba y se metía en la pared, y Auri se quedó con las manos vacías. Qué grosería. Había incontables tuberías más, desde luego, pero las pequeñas de plomo no tenían envoltorio. Las frías de acero bruñido eran demasiado nuevas. Las de hierro estaban tan ansiosas que casi resultaba bochornoso, pero su envoltorio era de algodón, y eso le habría ocasionado más problemas de los que Auri estaba dispuesta a afrontar ese día.

De modo que Auri siguió el trazado de una gruesa tubería de cerámica que avanzaba a trompicones. Al final, horadaba el suelo y se perdía en las profundidades; pero en la parte por donde se doblaba, el envoltorio de lino quedaba colgando, suelto y deshilachado como la camisa de un golfillo. Auri sonrió y, con suavidad, desenrolló la tira de tela cuidando de no desgarrarla.

Al final se desprendió. Era perfecta: una sola pieza de lino grisáceo y gastado, casi transparente, largo como el brazo de

Auri. Estaba cansada, pero era servicial; tras doblarla, Auri se dio la vuelta y salió disparada por el resonante Umbra, y descendió hasta el Doce.

El Doce era uno de los pocos lugares cambiantes de la Subrealidad. Era lo bastante listo para conocerse a sí mismo, lo bastante valiente para ser él mismo y lo bastante insensato para cambiarse a sí mismo y, al mismo tiempo, seguir manteniéndose auténtico. En ese sentido era prácticamente único, y si bien no siempre era seguro ni agradable, Auri no podía evitar tenerle cariño.

Ese día, el amplio espacio abovedado estaba tal como ella deseaba que estuviera: relumbrante y animado. Los rayos de sol penetraban como lanzas por las rejillas, allá en lo alto, y se clavaban en el valle estrecho y profundo de aquel recinto cambiante. La luz descendía dejando atrás tuberías, vigas de apoyo y la poderosa y recta línea de una antigua pasarela de madera. Los sonidos distantes de la calle caían flotando hasta el fondo de las cosas.

Auri oyó cascos de caballos sobre adoquines, un ruido redondo y nítido como el chasquido de unos nudillos. Oyó el lejano retumbar de un carromato y un murmullo impreciso de voces. Y, entretejido en todos esos sonidos, llegaba el llanto estridente y furioso de un crío que, sin ninguna duda, quería mamar y no lo conseguía.

En el fondo del Doce Amarillo había una balsa alargada y profunda con la superficie lisa como el cristal. La luz del sol que entraba desde arriba era lo suficientemente intensa para que Auri alcanzara a ver hasta la segunda maraña de tuberías bajo el agua.

Allí ya tenía paja y, en una estrecha cornisa de piedra que discurría a lo largo de una de las paredes, aguardaban tres botellas. Pero Auri las miró y arrugó el entrecejo. Había una verde, una marrón y una transparente. Una tenía cierre de brida;

otra, un tapón de rosca gris; la tercera, un corcho grueso como un puño. Todas eran de distintas formas y tamaños, pero ninguna era idónea.

Auri levantó las manos en un ademán de exasperación.

Así pues, volvió corriendo a Manto, triscando el suelo de piedra con los pies descalzos. Una vez allí, vio el tarro de cristal gris con la lavanda. Lo cogió, lo examinó minuciosamente, volvió a dejarlo en su sitio correcto y salió de nuevo correteando.

Presurosa, atravesó Puerto, y esa vez salió por el umbral inclinado y no por la brecha de la pared. Subió por Mimbre; Foxen iba arrojando sombras espectaculares por las paredes. Mientras Auri corría, su pelo la seguía flotando como un estandarte.

Tomó la escalera de caracol de Casa Oscura y fue bajando y girando, bajando y girando. Cuando por fin oyó agua en movimiento y tintineo de cristal, supo que había cruzado el umbral por donde se accedía a Retintín. Poco después, la luz de Foxen se reflejó en el estanque de aguas negras y agitadas donde se sumergía el pie de la escalera de caracol.

Allí había dos tarros en una pequeña hornacina. Uno era azul y estrecho; el otro, verde y chato. Auri ladeó la cabeza y cerró un ojo; entonces estiró un brazo y tocó el verde con dos dedos. Sonrió, lo cogió, se dio la vuelta y echó a correr escaleras arriba.

Regresó atravesando Brincos para variar. Corrió por el pasillo y saltó por encima de la primera fisura profunda del suelo agrietado con la agilidad de una bailarina. La segunda grieta la salvó con la ligereza de un pájaro. Brincó por encima de la tercera con el arrojo de una niña preciosa que parecía el sol.

Entró en el Doce Amarillo fatigada y jadeando. Mientras recobraba el aliento, metió a Foxen en el tarro verde, lo rellenó cuidadosamente de paja y cerró la brida que aseguraba la junta de goma, con lo que el tarro quedaba sellado. Se lo acercó a la cara; entonces sonrió y lo besó antes de dejarlo con cuidado en el borde de la balsa.

Se quitó su vestido favorito y lo colgó en una brillante tubería de latón. Sonreía, y temblaba un poco, y unos pececillos nerviosos nadaban por su estómago. Entonces, desnuda como estaba, se recogió el vaporoso cabello con las manos. Se lo peinó hacia atrás y se lo ató, enrollándolo y enlazándolo con la vieja tira de tela de lino gris. Cuando hubo terminado, una larga cola le colgaba hasta la rabadilla.

Abrazándose el torso, Auri dio un par de pasitos y se acercó a la balsa. Metió la punta del dedo de un pie en el agua, y luego el pie entero. El agua, fría y dulce como la menta, la hizo sonreír. Entonces se agachó e introdujo las piernas en el agua; las dejó colgando un momento, sosteniendo su cuerpo desnudo con ambas manos para no sentarse en la piedra fría del borde de la balsa.

Pero no había más remedio. Así que Auri frunció el ceño y flexionó los brazos hasta bajar del todo. El frío borde de piedra no tenía nada que ver con la menta. Era una mordedura seca y dura en su tierna y desnuda parte posterior.

Entonces se dio la vuelta despacio y fue tanteando con los pies hasta que encontró el pequeño saliente de piedra; se sujetó a él con los dedos y se quedó con el agua a la altura de los muslos. Respiró hondo varias veces, cerró fuertemente los ojos, apretó los dientes, se soltó del saliente y se hundió hasta la cintura. Dio un débil chillido, y el frío hizo que se le pusiera la piel de gallina.

Una vez superado lo peor, cerró los ojos y sumergió también la cabeza. Emergió boqueando y parpadeando, y se quitó el agua de los párpados. Entonces, mientras se tapaba los pechos con un brazo, un fuerte estremecimiento la sacudió de la cabeza a los pies. Pero, para cuando dejó de temblar, su mueca se había transformado en sonrisa.

Sin su halo de pelo, se sentía muy pequeña. No era la pequeñez por la que ella luchaba todos los días. No era la pequeñez de un árbol entre árboles. Ni la de una sombra subterránea. Ni era solo pequeña físicamente. Sabía que no era gran cosa. Cuando se le ocurría examinarse más atentamente en su espejo de cuerpo entero, veía a una niña diminuta como una golfilla de las que mendigan por las calles. La niña que veía era sumamente delgada. Tenía los pómulos prominentes y delicados, y se le marcaban mucho las clavículas.

Pero no. Con el pelo recogido, y empapado, se sentía... menos. Se sentía apisonada. Tenue. Más leve. Fina. Falsa. Afinada. De no ser por aquella tira de lino tan perfecta, habría resultado muy desagradable. Sin ella, Auri no se habría sentido simplemente como una mecha enroscada, sino absolutamente repugnante. Valía la pena hacer las cosas de la forma correcta.

Pasados unos momentos, había parado por completo de temblar. Los pececillos seguían nadándole por el estómago, pero Auri sonreía, expectante. La luz dorada que entraba por arriba descendía, recta, esplendorosa y firme como una lanza, hasta la balsa.

Auri inspiró hondo y expulsó el aire con fuerza, al tiempo que agitaba los dedos de los pies. Inspiró hondo una vez más y soltó el aire más despacio.

Inspiró por tercera vez. Asió el cuello del tarro de Foxen con una mano, se soltó del borde de piedra de la balsa y se zambulló en el agua.

La luz caía con el ángulo perfecto, y Auri vio con toda claridad el primer nudo de tuberías. Rápida como un pececillo, giró y se deslizó suavemente por él, evitando que las tuberías la tocaran.

Más abajo estaba el segundo nudo. Auri empujó una vieja tubería de hierro con el pie para seguir impulsándose hacia abajo; tiró de una válvula al pasar con la mano que tenía libre, cambiando de velocidad y deslizándose por el estrecho hueco entre dos tuberías de cobre del grosor de su muñeca.

La lanza de luz iba desvaneciéndose a medida que Auri buceaba, y al poco rato ya solo contaba con el resplandor verde azulado de Foxen. Pero allí su luz estaba amortiguada, filtrada a través de la paja, el agua y el grueso cristal verde. Auri formó una «O» perfecta con los labios y lanzó dos rápidas ráfagas de burbujas. La presión aumentaba a mayor profundidad, y Auri veía surgir formas borrosas en la oscuridad. Una vieja pasarela, un bloque de piedra inclinado, una antigua viga de madera recubierta de algas.

Sus dedos, estirados al máximo, encontraron el fondo antes que sus ojos, y Auri pasó la mano por la superficie de piedra lisa del suelo que apenas vislumbraba. Adelante y atrás, adelante y atrás. Con movimientos rápidos pero cautelosos. A veces había allí cosas afiladas.

Entonces cerró los dedos alrededor de un objeto largo y liso. ¿Un palo? Se lo puso bajo el brazo y, flotando, inició el ascenso hacia la luz lejana. Su mano libre topaba con tuberías que ya conocía, se agarraba a ellas y se impulsaba en determinada dirección, serpenteando por el laberinto de formas intuidas. Empezaron a dolerle un poco los pulmones y, mientras ascendía, soltó un chorro de burbujas.

Su cara emergió cerca del borde de la balsa; bajo la luz dorada, Auri vio qué era aquello que había encontrado: un hueso blanco y limpio. Largo, pero no de una pierna, sino de un brazo. Un *prima axial*. Deslizó los dedos a lo largo y notó una fina cicatriz que lo rodeaba como un anillo e indicaba que se había roto y luego soldado. Estaba lleno de agradables sombras.

Auri lo dejó a un lado, sonriente. Entonces respiró hondo tres veces, agarró fuerte a Foxen y volvió a sumergirse en la balsa.

Esa vez se le quedó atrapado un pie entre dos tuberías del segundo nudo. Mala suerte. Arrugó la frente y tiró con fuerza, y al cabo de un momento consiguió soltarse. Expulsó la mitad del aire de los pulmones, dio una patada fuerte y cayó como una piedra hacia las negras profundidades.

Pese a haber comenzado mal, fue una pesca fácil. Sus dedos encontraron una maraña de algo que no supieron identificar, antes incluso de haber tocado el fondo. No tenía ni idea de qué podía ser. Algo metálico, algo resbaladizo y algo duro, todo revuelto. Lo cogió, se lo pegó al pecho e inició el ascenso hacia la superficie.

Esa vez no pudo guardarse su hallazgo bajo el brazo por temor a perder algún trozo, de modo que sujetó el tarro de Foxen en el pliegue del codo y se ayudó con la mano izquierda para subir. Se sentía cómoda y serena, y salió a la superficie sin necesidad de expulsar el resto de las burbujas.

Esparció aquel enredo por el borde de la balsa: un cinturón viejo con una hebilla de plata, negra como el carbón de tan deslustrada. Una rama frondosa con un caracol perplejo. Y por último, ensartada en un trozo de cordel podrido, enredado con la rama, había una llave fina y no más larga que su dedo índice.

Auri besó al caracol y le pidió perdón, y entonces devolvió la rama al agua, donde le correspondía estar. El cinturón de cuero estaba enroscado y lleno de nudos, pero la hebilla se desprendió al primer tirón. Los dos estaban mejor así.

Auri, agarrada al borde de piedra de la balsa, temblaba a pequeñas oleadas que se extendían por sus hombros y su torso. Sus labios habían pasado del rosa al rosa pálido con un matiz azulado.

Cogió el tarro de Foxen y comprobó que seguía bien cerrado. Se asomó al agua; el pececillo de su estómago nadaba, emocionado. A la tercera iba la vencida.

Auri inspiró y volvió a zambullirse; su cuerpo giraba con soltura mientras su mano derecha iba buscando los puntos de agarre conocidos. Hacia el oscuro fondo: el bloque de piedra, la viga de madera... Luego, nada: solo la tenue luz de Foxen, que teñía la mano de Auri de un verde azulado pálido. Tenía el aspecto que debía de tener un duendecillo acuático.

Rozó el fondo con los nudillos y giró un poco para orientarse. Sin dejar de agitar los pies, hizo un barrido con la mano, palpando suavemente el fondo de piedra negra de la balsa. Entonces atisbó un destello de luz y sus dedos tropezaron con algo sólido y frío, liso y de líneas duras. Estaba repleto de amor y respuestas, tan lleno que Auri los sentía derramarse al mínimo roce.

Durante el tiempo que su corazón tardó en latir diez veces, Auri creyó que aquella cosa debía de estar sujeta a la piedra, pero entonces vio que se deslizaba, y comprendió que se trataba de un objeto muy pesado. Tras un largo y escurridizo momento, sus deditos encontraron el modo de levantarlo haciendo palanca. Era metálico, macizo y del grosor de un libro. Tenía una forma extraña y pesaba como una barra de iridio en bruto.

Auri se lo acercó al pecho y notó que los bordes se le clavaban en la piel. Entonces dobló las rodillas y empujó con fuerza contra el fondo con los pies, alzando la vista hacia el resplandor lejano que se columbraba en la superficie.

Pataleaba y pataleaba, pero apenas conseguía moverse. El objeto metálico la lastraba con su peso. Auri se golpeó un pie contra una gruesa tubería de hierro, y aprovechó para agarrarse y darse impulso otra vez. Notó que salía despedida hacia arriba, pero perdió velocidad en cuanto su pie se separó de la tubería de hierro.

Sus pulmones libraban una batalla con ella. Los muy necios estaban medio llenos, y querían más aire. Auri soltó una bocanada de burbujas con la intención de engañarlos, consciente de que cada burbuja perdida le añadía lastre, y de que todavía se hallaba muy lejos del nudo más cercano al fondo.

Auri trató de pasarse aquel objeto metálico al pliegue del codo para poder impulsarse hacia arriba, pero era tan liso que se le escapó un poco de los dedos. Hubo un momento de pánico; mientras Auri intentaba agarrar aquella cosa, el tarro de Foxen chocó contra algo cuya forma no se distinguía, y acabó resbalando y soltándosele de la mano.

Auri quiso alcanzarlo con la mano que tenía libre, pero lo único que consiguió fue golpearlo con los nudillos y, así, lanzar a Foxen un poco más lejos. Se quedó paralizada un instante. Soltar el objeto metálico era impensable, pero Foxen... Llevaban una eternidad juntos.

Vio que el tarro de Foxen quedaba atrapado en un remolino y giraba lejos de su alcance, detrás de un trío de tuberías de cobre inclinadas. Sus pulmones estaban empezando a protestar. Auri apretó los dientes, se agarró a un borde de algo que encontró cerca con la mano que tenía libre, y se impulsó hacia arriba.

A esas alturas, sus pulmones ya trabajaban muy forzados, así que Auri soltó las burbujas lentamente, pese a que ni siquiera había visto el nudo más cercano al fondo. Sin Foxen, todo estaba muy oscuro, pero al menos ella se movía: iba impulsándose hacia arriba a base de sacudidas bruscas y torpes, utilizando cualquier punto de agarre que encontrara, por extraño que fuese. Pataleaba, pero con eso no conseguía gran cosa, pues iba cargada con aquel pesado fardo de amor afilado y duro que apretaba fuertemente contra el pecho. ¿Serían las respuestas que contenía las que hacían que pesara tanto?

Por fin logró llegar al más profundo de los nudos de tuberías, pero sus pulmones ya estaban vacíos, y el cuerpo le pesaba como si fuera de plomo. Normalmente, se metía por entre el nudo como un pez, sin que su cuerpo rozase siquiera las tuberías. Esa vez, en cambio, se sentía vacía y pesada; pero fue tanteando con una sola mano y, contorsionándose, consiguió colarse entre ellas. Se dio un golpe en la rodilla y un objeto puntiagudo y oxidado le raspó la espalda con muy mala baba. Estiró un brazo cuanto pudo, pero pesaba tanto que sus dedos ni siquiera rozaron el punto de agarre que solía utilizar.

Pataleó, avanzó tres o cuatro centímetros más y entonces, pese al cuidado con que se lo había recogido, el pelo se le quedó enganchado en algo. La sacudida la hizo pararse en seco; echó la cabeza hacia atrás y su cuerpo giró hacia un lado en el agua.

Casi de inmediato, notó que empezaba a hundirse. Se revolvió con furia. Se golpeó una espinilla contra una tubería, y el dolor le recorrió todo el cuerpo; pero buscó la tubería rápidamente con el otro pie, se preparó y empujó con todas sus fuerzas. Salió despedida como un corcho, a tanta velocidad que el pelo se le soltó de aquella cosa tan grosera que se lo había agarrado. El fuerte tirón le hizo echar la cabeza hacia atrás bruscamente y la obligó a abrir la boca.

Entonces empezó a ahogarse. Se atragantaba y le daban arcadas. Sin embargo, mientras el agua se le metía por la nariz y la garganta, lo que más temía Auri era que el pesado artilugio metálico le resbalara de la mano, que lo soltara y lo dejase caer en las oscuras profundidades. Perder a Foxen había sido terrible; se quedaría sola y ciega en la oscuridad. Quedar atrapada bajo las tuberías y morir ahogada también sería espantoso. Pero ninguna de esas dos cosas era incorrecta. Soltar el objeto metálico y dejarlo caer en la oscuridad, en cambio, era algo que no podía hacer. Era impensable. Era tan erróneo que la aterrorizaba.

El pelo, que ahora llevaba suelto, revoloteaba a su alrededor en el agua como una nube de humo. Auri asió con una mano el codo de una tubería conocida y reconfortante. Se enderezó y encontró otro asidero. Apretó los dientes, sujetó fuerte, se atoró y tiró.

Salió a la superficie dando bocanadas y resoplando, y luego volvió a sumergirse.

Al cabo de un segundo, trepó de nuevo hasta la superficie. Esa vez la mano que tenía libre se agarró al borde de piedra de la balsa.

Auri sacó del agua el objeto, que al golpear el suelo de piedra produjo un sonido parecido al de una campana. Era un engranaje de latón, brillante, del tamaño de una bandeja. Del grosor de su pulgar y un poco más. Tenía un agujero en el centro, nueve dientes y un hueco irregular correspondiente a un décimo diente faltante.

Estaba repleto de respuestas sinceras, amor y calor de hogar. Era hermoso.

Auri sonrió y vomitó la mitad del agua que tenía en el estómago sobre el suelo de piedra. Le vino otra arcada y giró la cabeza para no salpicar al brillante engranaje de latón.

Entonces tosió, tomó un sorbo de agua y la escupió en la balsa. El engranaje reposaba, pesado como un corazón, sobre la fría piedra del Doce Amarillo. La luz que entraba por arriba daba a su superficie una pátina trémula y dorada. Parecía un trozo de sol que ella hubiera subido de las profundidades.

Auri volvió a toser y se estremeció. Entonces estiró un brazo y tocó el engranaje con un dedo. Sonrió y lo miró. Tenía los labios azules, y temblaba. El corazón le rebosaba de júbilo.

Después de salir del agua, Auri contempló la balsa del fondo del Doce. Abrigaba esperanzas de descubrir a Foxen cabeceando perezosamente en la superficie, pese a saber que las probabilidades eran escasas.

Nada.

Adoptó una expresión solemne. Se planteó volver. Pero no. Tres veces: así funcionaban las cosas. Sin embargo, la perspectiva de abandonar a Foxen en la oscuridad fue suficiente para que apareciera una fina grieta que recorría su corazón de extremo a extremo. Perderlo después de tanto tiempo...

Entonces Auri distinguió algo bajo la superficie, a gran profundidad. Un fulgor. Un resplandor. Sonrió. Foxen iba subiendo lentamente, bamboleándose y dando tumbos, a través de la maraña de tuberías. Parecía una gran luciérnaga patosa.

Auri permaneció cinco largos minutos mirando el tarro de Foxen que cabeceaba e iba a la deriva hasta que por fin asomó a la superficie como un pato. Entonces lo atrapó y lo besó. Lo abrazó contra el pecho. ¡Sí! Valía la pena hacer las cosas debidamente.

Lo primero era lo primero. Auri sacó a Foxen del tarro y lo puso al lado de los otros, en el anaquel. A continuación se dirigió a Retintín y se bañó en sus agitadas aguas. Se lavó con los últimos restos de una pastilla de jabón que olía a cínaro y a verano.

Tras enjabonarse, frotarse y restregarse el pelo, Auri se zambulló en las infinitas aguas negras de Retintín para aclararse una última vez. Bajo la superficie, algo la rozó. Algo resbaladizo y pesado apoyó su peso móvil contra la pierna de Auri. A ella no le molestó. Fuera lo que fuese, estaba en el lugar correcto, y ella también. Las cosas eran como debían ser.

Auri salió por Centenas limpia, goteando y retorciéndose el pelo. No era el camino más rápido, pero salir por Incordios en cueros habría resultado impropio. Pese a haber tomado el camino más largo, no tardó mucho en doblar la esquina y llegar a Secadores, caminando por el suelo de piedra con los pies mojados. Dejó a Foxen en un trozo de ladrillo que sobresalía, pues a él no le gustaba el calor excesivo.

Ese día, las gruesas tuberías de acero que recorrían la pared del túnel estaban tan calientes que no podías acercarte mucho a ellas, y las paredes y el suelo se habían calentado y también estaban ardiendo. Auri giró sobre sí misma lentamente para impedir que el silencioso y rojo rugido que desprendían las tuberías le abrasara alguna parte de su tierna desnudez. Al cabo de un momento, el calor de aquel lugar le había secado la piel, había conseguido que su fino pelo volviera a flotar y había aplacado los temblores de sus huesos helados.

A continuación, recogió su vestido favorito del Doce Amarillo. Se lo puso por la cabeza, y entonces se llevó todos sus tesoros a Puerto y los repartió por la mesa del centro.

El cinturón de cuero tenía grabados unos extraños dibujos helicoidales. El gran engranaje de latón brillaba intensamente. La llave era negra como un tizón. La hebilla, en cambio, era negra pero con brillo debajo. Era una cosa oculta.

¿Y si la hebilla era para él? Esa habría sido una buena forma de empezar el día. Habría sido bonito solucionarlo bien temprano, tener su regalo preparado y muchos días por delante hasta el de su visita.

Auri observó minuciosamente la hebilla. ¿Era un regalo adecuado para él? Él era más bien complejo. Y también muy oculto. Asintió con la cabeza, estiró un brazo y tocó el metal oscuro y frío.

Pero no, no iba con él. Ya debería haberse dado cuenta. Él no era para cosas que atan. Para cosas que encierran. Tampoco era oscuro. No, ni hablar. Él era ascuante. Era encarnado. Era brillante, y debajo tenía un brillo aún mejor, como el oro bañado en cobre.

El engranaje iba a requerir su consideración. Casi parecía adecuado para él... Pero podía esperar. La llave, en cambio, exigía atención urgente. Era, sin ninguna duda, el hallazgo más inquieto del lote. Y eso no le produjo a Auri ni siquiera un susurro de sorpresa: las llaves no destacaban por ser complacientes, y aquella pedía casi a gritos una cerradura. La cogió y le dio vueltas en las manos. Era la llave de una puerta, y no se avergonzaba de ello en absoluto.

Llave negra. Día blanco. Ladeó la cabeza. La forma de las cosas era la correcta. Era un día de hallazgos, y no cabía duda de que aquella pobre cosita necesitaba desesperadamente que se ocuparan de ella. Auri asintió y se guardó la llave en el bolsillo del vestido.

Con todo, antes de marcharse, Auri ayudó a que todo encontrara el lugar que le correspondía. El cinturón se quedó en la mesa del centro, evidentemente. La hebilla pasó a descansar junto al plato de resina. El hueso se recostó casi indecentemente cerca de las bayas de acebo.

El engranaje era problemático en ese aspecto. Lo puso en el estante para libros, y luego lo trasladó a la mesa del rincón. Quedó apoyado contra la pared, con el hueco del diente faltante apuntando hacia arriba. Auri frunció el ceño. No acababa de ser el sitio idóneo.

Se sacó la llave del bolsillo y la sostuvo delante del engranaje. Negro y latón. Ambos estaban hechos para girar. Entre los dos sumaban doce dientes...

Sacudió la cabeza y dio un suspiro. Volvió a guardarse la llave en el bolsillo y dejó el enorme engranaje de latón en el estante para libros. No era el sitio adecuado para él, pero de momento era lo mejor que podía hacer.

Banca era lo que estaba más cerca, de modo que Auri se apresuró a ir allí, agachando la cabeza para pasar por los bajos umbrales de piedra hasta llegar a la primera puerta. Una vez allí, sopló suavemente sobre Foxen, posado en su mano ahuecada, para avivar su luz. La puerta de madera, enorme, estaba vieja y gris, y la herrumbre había desmenuzado los goznes.

Plantada ante la puerta, se sacó la llave del bolsillo y la sostuvo ante sí. Miró alternadamente la puerta y la llave; se dio la vuelta y echó a andar con paso suave. Torció tres veces a la izquierda, pasó por una ventana rota y llegó ante la segunda puerta, también vieja y gris, pero más grande que la primera. Esa vez le bastó con echarle un vistazo para comprender la verdad: no servía. Aquellas no eran las puertas adecuadas. ¿Dónde podía estar, pues? ¿En Centenas? ¿En Puerta Negra?

Se estremeció. En Puerta Negra no. No en un día blanco. Probaría en Galeras y, luego, en Centenas. Incluso en Fondotravés. Aquella no era una llave para Puerta Negra. No.

Auri recorrió Rúbrica a toda prisa, torció dos veces a la izquierda y dos veces a la derecha con el fin de lograr cierto equilibrio, asegurándose de no seguir el trazado de ninguna tubería demasiado tiempo para no ofender a las demás. Después venía Triunfal con sus caminos retorcidos y su olor a azufre. Se perdió un poco entre sus paredes desmoronadizas, pero al final encontró el camino hasta Derrumbal, un estrecho túnel de tierra con tanto declive que semejaba un agujero. Auri bajó presurosa por una larga escalerilla hecha con palos atados.

La escalera conducía a una habitación diminuta y muy ordenada de piedra pulida. No era mucho más grande que un armario, y dentro solo había una vieja puerta de madera de roble, toda forrada de latón. Auri sacudió las manos, abrió la puerta y entró con paso ligero en Galeras.

El pasillo era lo bastante ancho para que por él pasara un carromato. Los techos eran tan altos y era tan alargado que la luz de Foxen apenas alumbraba la maraña de escombros que taponaba el extremo opuesto. En lo alto, una araña de luces de cristal esparcía una luz blanca azulada.

Unos paneles de madera oscura abrazaban la parte inferior de las paredes, mientras que la superior estaba decorada con adornos de yeso. En el techo, unos grandes frescos representaban a unas mujeres con vestidos de gasa que descansaban, se hablaban al oído y se untaban unas a otras con aceite; y a unos hombres ridículos que, en cueros, retozaban y chapoteaban en el agua.

Auri se tomó un momento para contemplar aquellas pinturas, como siempre hacía, y se sonrió con picardía. Pasaba el peso del cuerpo de un lado a otro; bajo sus diminutos pies, el suelo de mármol pulido estaba frío.

Los dos extremos de Galeras habían quedado taponados por tierra y piedras caídas, pero la parte central de la estancia se veía limpia como un crisol. Todo estaba perfectamente seco y estanco. Sin humedad ni moho. Sin corrientes de aire que transportaran polvo. Con hombres en cueros o sin ellos, era un sitio apropiado, así que Auri procuró comportarse con perfecto decoro.

En el vestíbulo había doce puertas de roble. Todas eran bonitas, estaban bien cerradas y recubiertas de latón. A lo largo de los largos años que llevaba en la Subrealidad, Auri había abierto tres de esas puertas.

Recorrió el vestíbulo; Foxen relucía intensamente en la mano que ella sostenía en alto. Había dado doce pasos cuando descubrió una luz tenue en el suelo de mármol. Se acercó dando saltitos y vio que era un cristal que se había caído de la araña de luces y que había quedado, intacto, en el suelo. Era afortunado y valiente. Auri lo recogió y se lo guardó en el bolsillo en el que no llevaba la llave. Si los ponía juntos, armarían mucho alboroto.

No era la tercera puerta, ni la séptima. Auri ya planeaba la ruta para bajar a Fondotravés cuando se fijó en la novena puerta. Estaba esperando. Impaciente. El picaporte giró y la puerta se abrió suavemente sin que sus goznes chirriaran.

Auri entró, se sacó la llave del bolsillo y, tras darle un beso, la puso con cuidado encima de una mesa vacía junto a la puerta. El ruidito que hizo la llave al tocar la superficie de madera la enterneció. Auri sonrió al verla allí encima, tan cómoda y en el sitio que le correspondía.

Era una sala de estar muy elegante. Auri dejó a Foxen en un aplique de pared y se puso a mirar atentamente alrededor. Una butaca alta de terciopelo. Una mesa baja de madera. Un sofá afelpado sobre una alfombra afelpada. En un rincón había un carrito diminuto, lleno de copas y botellas. Todo muy circunspecto.

En esa habitación pasaba algo raro. No era nada amenazante. Nada como lo de Doblasiento o Carotillo. No, no: aquel sitio era bueno. Era casi perfecto. Todo era casi. De no haber sido un día blanco en el que todo se hacía debidamente, quizá no se habría percatado de que faltaba algo. Sin embargo, lo era, y Auri se percató.

Recorrió la habitación con las manos remilgadamente entrelazadas detrás de la espalda. Examinó el carrito, donde había más de una docena de botellas de diferentes colores. Algunas estaban llenas y cerradas con tapón; otras no contenían más que polvo. En una de las mesas, cerca del sofá, había un reloj de engranaje de plata bruñida. También había un anillo y unas cuantas monedas. Auri las observó con curiosidad, sin tocar nada.

Avanzaba con delicadeza. Un paso, y luego otro. Notaba la oscura felpa de la alfombra bajo los pies, parecida al musgo, y cuando se agachó para deslizar los dedos por su silencio, distinguió una cosita blanca bajo el sofá. Metió una mano diminuta entre las sombras, y tuvo que estirarse un poco para que sus dedos la atraparan. Era suave y fresca.

Una estatuilla tallada en una pieza de piedra pálida y tímida. Un soldadito con unas líneas muy bien trazadas que representaban su túnica de cota de malla y su escudo. Pero su verdadero tesoro era la dulzura de su semblante, tan amable que daban ganas de besarlo.

Aquel no era su sitio, pero tampoco estaba en mal lugar. Mejor dicho: la estatuilla no era lo que no estaba bien de aquella habitación. La pobre simplemente se había perdido. Auri sonrió y se la guardó en el bolsillo donde tenía el cristal.

Entonces notó un bultito bajo un pie. Levantó el borde de la alfombra, lo enrolló un poco y, debajo, encontró un botoncito de hueso. Auri lo contempló largo rato antes de dedicarle una sonrisa comprensiva. Tampoco era eso. El botón era tal como debía ser. Con mucho cuidado, Auri volvió a dejar la alfombra exactamente como la había encontrado y le dio unas palmaditas con la mano para acabar de ponerla bien.

Volvió a recorrer la habitación con la mirada. Era un buen sitio, y casi completamente como debía ser. La verdad, no tenía nada que hacer allí. Era asombroso, pues obviamente aquella estancia llevaba una eternidad sola, sin que nadie la atendiera.

Aun así, había algo raro. Una carencia. Alguna cosita diminuta, como un solo grillo que cantara, enloquecido, en la noche.

En el otro lado de la habitación había una segunda puerta, impaciente por que alguien la abriera. Auri accionó el pestillo, recorrió un pasillo y llegó al pie de una escalera. Husmeó un poco, un tanto sorprendida. Había creído que todavía estaba en Galeras, pero era evidente que no. Se hallaba en un sitio completamente nuevo.

Entonces se le aceleró el corazón. Hacía una eternidad que no encontraba ningún sitio totalmente nuevo. Un lugar que se atrevía a ser plenamente él mismo.

Sin moverse apenas, y alumbrándose con la luz constante de Foxen, Auri examinó con sumo celo las paredes y el techo. Vio unas cuantas grietas, pero ninguna más gruesa que un pulgar. Se habían desprendido algunas piedras pequeñas, y también había tierra y argamasa en los escalones. Las paredes, desnudas, parecían un tanto condescendientes. No. Estaba claro que había salido de Galeras.

Pasó una mano por los peldaños de piedra. Los primeros eran macizos, pero el cuarto estaba suelto. Igual que el sexto y el séptimo. Y el décimo.

Hacia la mitad, en el rellano, la escalera daba un giro. Había una puerta, pero era tremendamente tímida, así que Auri, muy educada, fingió no haberla visto. Subió con mucho cuidado el segundo tramo de escalones y descubrió que la mitad también estaban sueltos o ligeramente inclinados.

Entonces volvió a bajar la escalera asegurándose de que había localizado todas las piedras que se movían. Y no, no lo había hecho. Resultaba sumamente emocionante. Aquel sitio era traicionero como un calderero borracho, y un poco ladino. Y tenía mal genio. Habría sido difícil encontrar un lugar menos parecido a un sendero de jardín.

Algunos sitios tenían nombre. Algunos sitios cambiaban, o eran demasiado tímidos para revelar su nombre. Algunos sitios no tenían nombre, y eso siempre producía congoja. Una cosa era ser reservado, pero no tener nombre... Qué horrible. Qué triste.

Auri subió otra vez la escalera, comprobando cada peldaño con los pies y evitando los puntos peligrosos. Iba subiendo sin saber qué clase de lugar era aquel. ¿Tímido o secreto? ¿Perdido o solitario? Un lugar desconcertante, sin duda. Eso le hizo sonreír aún más.

Al final de la escalera, el techo había cedido, pero había un hueco en una pared semiderruida. Auri se metió por él y sonrió, emocionada. Otro lugar nuevo. Dos en un solo día. Sus pies descalzos investigaban el suelo de piedra arenosa, danzando casi de emoción.

Ese lugar no era tan tímido como la escalera. Se llamaba Tumbrel. Era disperso y estaba semiderruido y medio lleno. Había mucho que ver.

La mitad del techo se había derrumbado, y el polvo lo cubría todo. Pero pese a tanta piedra caída, estaba seco y estanco. No había humedad, solo aire viciado y polvo. Más de la mitad de la estancia era una masa sólida de tierra, piedras y maderas caídas. Bajo los escombros se adivinaban los restos de una cama con dosel aplastada; y, en la parte de la habitación no derruida, había un tocador con un triple espejo y un ropero de madera oscura, más alto que una mujer alta puesta de puntillas.

Auri escudriñó tímidamente el interior del ropero por entre las puertas entreabiertas. Dentro alcanzó a ver una docena de vestidos, todos de terciopelo con bordados; zapatos; una bata de seda; unas cuantas prendas de gasa como las que llevaban las mujeres representadas en los frescos de Galeras.

El tocador era un mueble muy simpático, charlatán y desvergonzado. La superficie estaba llena de tarros de polvos, cepillitos y lápices de pintura de ojos; brazaletes y anillos; peines de asta, marfil y madera. Había alfileres y agujas y una docena de botellas, algunas robustas, y otras delicadas como pétalos de flor.

Estaba tremendamente desordenado. Todo lo que había encima del tocador estaba perturbado de una forma u otra: los polvos, derramados; las botellas, volcadas; las horquillas, esparcidas.

Desorganizado o no, Auri no pudo evitar sentir simpatía por aquel mueble, pese a lo brusco y chabacano que era. Se sentó remilgadamente en el borde de la silla de respaldo alto, se pasó los dedos por el vaporoso pelo y sonrió al verse reflejada por triplicado.

También había una puerta, en la pared opuesta a la que estaba semiderruida. Quedaba casi oculta detrás de una viga rota y unos bloques de piedra desmoronados. Pero pese a estar escondida, no era tímida.

Auri se puso a trabajar. Quería arreglar las cosas lo mejor que pudiera.

Apartó la viga de madera que bloqueaba la puerta. La levantó y tiró de ella, moviéndola solo unos centímetros cada vez, hasta que consiguió hacer palanca con otro trozo de madera caída. Luego apartó las piedras; las que no podía levantar, las empujaba. Las que no podía empujar, las hacía rodar.

Bajo las piedras encontró los restos de una mesita, y entre la madera astillada, un trozo de delicado encaje blanco. Lo dobló con cuidado y se lo guardó en el bolsillo junto con el cristal y el soldadito de piedra.

Una vez despejado el camino, la puerta se abrió fácilmente, y sus oxidados goznes gimieron un poco. Dentro había un pequeño armario. Había un orinal de porcelana vacío, un cubo de madera, un cepillo de esos que usarías para fregar la cubierta de un barco y una rígida escoba de ramas de abedul. En la parte de atrás de la puerta colgaban dos sacos de hilo vacíos. El más pequeño estaba impaciente por ser de alguna utilidad, así que Auri sonrió y se lo guardó en un bolsillo, todo para él.

La escoba, que llevaba mucho tiempo allí, también estaba impaciente, de modo que Auri la sacó y se puso a barrer, amontonando polvo y tierra viejos en un rinconcito. Después, seguía nerviosa, así que Auri barrió también la escalera sin nombre.

Se llevó con ella a Foxen, por supuesto. No confiaba en que un sitio como aquel se comportara a oscuras. Pero como para darle un buen repaso a la escalera necesitaba las dos manos, Auri ató a Foxen a un largo mechón de su flotante melena. Eso hirió ligeramente la dignidad de Foxen, y Auri se disculpó con un beso por la afrenta. Sin embargo, ambos sabían que, en realidad, a Foxen le gustaba columpiarse por ahí y hacer que las sombras giraran y revolotearan.

Así que se pasó un rato colgado y oscilando. Auri procuró no fijarse en ninguna euforia excesiva por parte de Foxen mientras le daba una rápida pasada a la escalera sin nombre. Subió, bajó y volvió a subir, y la prieta escoba de abedul barrió las piedras, la arenilla y el polvo de los peldaños de piedra; a ellos los halagó recibir aquella atención, y permanecieron perfectamente esquivos.

Tras devolver la escoba al armario, sacó el orinal y lo puso cerca del ropero. Lo giró un poco para dejarlo correctamente orientado.

Pese a ser gracioso, el tocador también era irritante. Estaba todo fuera de sitio, pero nada quería que lo ordenaran. La única excepción era el cepillo del pelo, y Auri lo puso más cerca de un astuto anillo de rubí.

Auri se cruzó de brazos y contempló el tocador durante un minuto largo. Luego se puso a cuatro patas y lo examinó por debajo. Abrió los cajones y pasó los pañuelos del cajón de la izquierda al de la derecha; entonces arrugó la frente y volvió a cambiarlos de sitio.

Al final empujó todo el mueble un par de palmos hacia la izquierda y lo acercó un poco más a la pared, procurando que no cayera nada al suelo. Corrió la silla de respaldo alto la misma distancia para que siguiera estando frente a los espejos. A continuación levantó la silla y examinó la parte inferior de las patas antes de volver a dejarla en su sitio y encogerse suavemente de hombros.

En el suelo, junto al ropero, había una baldosa suelta. Auri la levantó con los dedos, colocó bien el saquito de piel y el trozo de relleno de lana que encontró debajo y volvió a encajar la baldosa en su sitio, apretándola firmemente con el mango de la escoba. La pisó con un pie y sonrió al comprobar que ya no se movía bajo su peso.

Por último, abrió el ropero. Apartó el vestido de terciopelo color burdeos del vestido de noche de seda azul claro. Colocó bien la tapa de una alta sombrerera que se había quedado mal cerrada. Abrió el cajón de la parte inferior del armario.

Se le cortó la respiración. Pulcramente dobladas y guardadas en el fondo del cajón había varias sábanas, suaves y de color claro. Eran perfectas. Auri acarició una y le impresionó la tersura del tejido. Tan fino que sus dedos no notaban la trama. Frío y dulce al tacto, como un amante que hubiera ido a besarla recién llegado del frío.

Auri pasó una mano por la tela. Debía de ser maravilloso dormir sobre una sábana como aquella; tumbarse y notar su dulzura por toda la piel desnuda.

Se estremeció, y sus dedos sujetaron la sábana, sin desdoblarla. Sin darse apenas cuenta de lo que hacía, Auri la sacó de su lugar correcto y la abrazó contra el pecho. Acarició su suavidad con los labios. Debajo había otras sábanas. Un tesoro oculto. Sin duda alguna, idóneo para un lugar como Tumbrel. Además, Auri ya había puesto muchas otras cosas en su sitio correcto. Seguro que...

Contempló la sábana largo rato. Y si bien sus ojos transmitían ternura y deseo, sus labios trazaban una línea cada vez más dura. No, eso no era lo correcto. Ella lo sabía. Sabía perfectamente dónde le correspondía estar a esa sábana.

Cerró los ojos y guardó la sábana en el cajón; la vergüenza le abrasaba el pecho. A veces era muy ansiosa. Deseaba cosas para ella misma. Retorcía el mundo y le cambiaba la forma correcta. Lo revolvía todo con el peso de su deseo.

Cerró el cajón y se levantó. Miró alrededor, asintió para sí. Allí había empezado bien. Era evidente que el tocador requería cierta atención, pero Auri todavía no podía descifrar su carácter. Sin embargo, aquel sitio tenía un nombre y todo lo que era obvio estaba atendido.

Recogió a Foxen y bajó por la escalera sin nombre, atravesó Galeras y Derrumbal y volvió a Manto. Cogió agua fresca. Se lavó la cara, las manos y los pies.

Después de eso se sintió mucho mejor. Sonrió, y se le antojó ir corriendo hasta Miradero. Hacía una eternidad que no lo visitaba y echaba de menos su olor a tierra caliente. La cercanía de las paredes.

Corriendo ágilmente, de puntillas, Auri pasó danzando por Rúbrica, esquivando tuberías. Cruzó como una exhalación por Bosque, y estiró los brazos para colgarse de las vigas envejecidas que sostenían el combado tejado y columpiarse. Al final llegó a una puerta de madera hinchada.

Atravesó el umbral sosteniendo a Foxen en alto. Olisqueó el aire y sonrió. Sabía muy bien dónde estaba. Todo estaba exactamente donde debía estar.

Lo que implica una mirada

El segundo día, Auri despertó en una oscuridad perfecta y solo oyó silencio.

Eso significaba que era un día de giros. Un día de acciones. Bien. Quedaba mucho por hacer antes de que él llegara. Ella no estaba lista, ni mucho menos.

Levantó a Foxen y dobló su manta, cuidando de que las esquinas no tocaran el suelo. Echó un vistazo a la habitación y comprobó que su caja, su hoja y su lavanda estaban bien. Su cama estaba bien. Todo estaba como debía estar.

Habría tres caminos para salir de Manto. El pasillo era para más tarde. El portal era para ese momento. La puerta era de roble, forrada de hierro. Auri no la miró.

En Puerto, la estatuilla de piedra y la tira de encaje parecían en su casa. El cristal valiente estaba satisfecho en el botellero. El hueso de brazo y el saco de hilo estaban tan cómodos que se diría que llevaban cien años allí. La vieja hebilla negra importunaba un poco a la resina, pero eso tenía fácil solución. Auri la apartó para que no hubiera problemas.

Miró alrededor y suspiró. Todo estaba bien, salvo el gran engranaje de latón. Eso la exasperaba.

Cogió el cristal y lo puso al lado del engranaje, pero con eso solo consiguió que el cristal se molestara. Era valiente como el que más, pero no era para la mesa del rincón. Auri le dio un beso a modo de disculpa y lo devolvió al botellero.

Entonces levantó el pesado engranaje con las manos y se lo llevó a Manto. La situación era francamente insólita, pero a esas alturas Auri ya no sabía qué hacer. Lo puso en la estrecha repisa de piedra de la pared de enfrente de su cama. Lo giró de modo que el hueco del diente que faltaba apuntara al techo. Como si estirase sus bracitos regordetes hacia arriba.

Dio un paso atrás, lo miró y suspiró. Mejor. Pero aun así, no era el sitio idóneo.

Auri se lavó la cara, las manos y los pies. Su fina pastilla de jabón olía a sol, y eso la hizo sonreír. Luego se puso su segundo vestido favorito, porque tenía mejores bolsillos. Al fin y al cabo, era un día de giros.

En Puerto se colgó de un hombro el saco de hilo de recoger y metió unas pocas cosas dentro. Entonces se llenó los bolsillos al máximo. Antes de salir de Manto, Auri se volvió y le echó un vistazo al engranaje. Pero no. Si había querido venir, no debería importarle tener que quedarse en Puerto. Era muy orgulloso.

En Caraván le sorprendió descubrir que el espejo estaba incómodo. Angustiado, incluso. No era una forma muy prometedora de empezar el día. Con todo, eso era la clase de cosa que solo un necio ignoraría deliberadamente. Y Auri no era necia.

Además, el espejo llevaba bastante tiempo por allí, de modo que ella se sabía sus trucos. Quería que lo movieran, pero primero era preciso calmarlo. Era preciso consolarlo. Convencerlo. Necesitaba que lo taparan. Así que, pese a no haberse peinado todavía, Auri recogió a Foxen y tomó el camino más largo para bajar a Galeras. Fue despacio hasta su puerta recién abierta, contemplando los frescos del techo.

Se detuvo brevemente en la sala de estar y miró alrededor. Aquella levísima incorrección seguía allí, como un trocito de cartílago que se le hubiese quedado atrapado entre los dientes. Si todo lo demás no hubiera estado rozando la perfección, no le habría molestado.

Pero hay cosas que no pueden hacerse deprisa y corriendo. Auri lo sabía muy bien. Además, necesitaba arreglar el espejo antes que ninguna otra cosa. Eso implicaba taparlo. Así pues, subió la escalera sin nombre, brincando para esquivar las piedras sueltas. Pasó por la pared derrumbada y entró en Tumbrel.

Una vez allí, Auri abrió el cajón del armario. No tocó las sábanas, sino que se metió las manos en los bolsillos. Palpó las facetas lisas del cristal valiente. No. Tocó las líneas curvadas de la amable estatuilla de piedra. No. ¿El pedrusco negro y plano? No.

Entonces sus dedos tocaron la hebilla, y Auri sonrió. La sacó y la puso suavemente en el cajón. Entonces levantó la sábana doblada que estaba encima del montón. Era lisa y suave, muy agradable al tacto. Pálida como el marfil.

Auri se detuvo y contempló la negrura de la hebilla que había puesto en el cajón. Notó como si tuviera una piedra en el estómago. Aquel no era el lugar para la hebilla. Sí, parecía adecuado, desde luego. Pero ella sabía que, al final, parecer no era suficiente, ¿verdad?

A regañadientes, volvió a dejar la sábana en el cajón. Sus dedos se deslizaron por su blancura perfecta. Era tan lisa, tan limpia y tan nueva... Había en ella un ligero rastro de invierno.

Pero no. No es lo mismo la verdad que lo que desearíamos que fuera verdad. Auri dio un suspiro, cogió la hebilla y se la guardó en el fondo del bolsillo.

Dejó la sábana donde estaba y volvió a Manto. Ahora iba más despacio, sin dar saltitos. Bajar por la escalera sin nombre la animó un poco. Avanzaba como si estuviera ebria, rectificando constantemente, esquivando los puntos peligrosos y buscando las partes seguras.

Auri notó moverse una baldosa bajo los pies y agitó los brazos para no resbalar. Ladeó la cabeza y se quedó haciendo equilibrios sobre un pie. ¿Sería aquello Tentetieso? No. Era demasiado malicioso.

En Caraván, el espejo seguía nervioso. A falta de mejores opciones, Auri no tuvo más remedio que utilizar la manta de su cama. Con cuidado de que no tocara el suelo, se la echó por encima al espejo, y entonces lo puso de cara a la pared. Solo así pudo moverlo por la habitación y dejarlo delante de la ventana tapiada, donde tan desesperadamente ansiaba estar.

Auri devolvió su manta a Manto y se lavó la cara, las manos y los pies. Volvió a Caraván y vio que había empleado bien su tiempo. Jamás había visto tan satisfecho a su espejo. Se sonrió, se cepilló los nudos de duende del pelo hasta que este volvió a quedar suspendido a su alrededor como una nube dorada.

Pero cuando estaba terminando, cuando levantó los brazos para echar su nube de pelo hacia atrás, de pronto Auri sintió un ligero mareo y se tambaleó un poco. Cuando se le hubo pasado, fue caminando despacio hasta Grillito y bebió un largo trago. Notaba el agua fría correr por su interior sin que nada la detuviera. Se sentía hueca por dentro. Su estómago era un puño vacío.

Sus pies querían llevarla a Manzanal, pero ella sabía que no quedaban manzanas. Además, él no iba a estar esperando allí. No hasta el séptimo día. Y en realidad era mejor así, pues Auri todavía no tenía nada adecuado para compartir. Ni nada suficientemente bueno para ser un regalo apropiado.

Así que se dirigió a Guardamangel. Sus cacerolas colgaban en los sitios correctos. Su lámpara anímica estaba donde le correspondía. La taza de cerámica rajada reposaba tranquila. Todo estaba como debía estar.

Dicho eso, Auri tenía más utensilios que comida en Guardamangel. En los estantes estaba el saquito de sal que él le había regalado. Había cuatro gruesos higos recatadamente envueltos con una hoja de papel. Una única manzana, sola y arrugada. Un puñado de guisantes secos reposaban tristemente en el fondo de un tarro de cristal transparente.

Empotrada en la encimera de piedra había una pila por la que corría un lento pero constante chorro de agua helada. Pero allí no había nada enfriándose, a excepción de un trozo de mantequilla amarilla; y la mantequilla estaba llena de cuchillos y no era apta para el consumo.

En la encimera había una cosa preciosa y maravillosa: un cuenco de plata, lleno a rebosar de frutos de nuez moscada. Redondos, marrones y lisos como guijarros de río, habían venido de visita desde tierras muy lejanas. Su presencia se percibía en el aire; era casi como si entonaran cantos nostálgicos. Auri los contempló con añoranza y pasó las yemas de los dedos por el borde del cuenco de plata, que tenía grabadas unas hojas entrelazadas...

Pero no. Pese a lo especiales y adorables que eran, Auri no creía que fueran buenos para comer. Al menos no en ese momento. En ese aspecto eran como la mantequilla: no podían considerarse comida exactamente. Eran misterios que querían tomarse su tiempo en Guardamangel.

Auri trepó a la encimera de piedra para poder coger la manzana, que estaba en su estante, muy alto. Entonces se sentó junto a la pila con las piernas cruzadas y la espalda recta; cortó la manzana en siete trozos iguales y se la comió. Era correosa y estaba llena de otoño.

Después seguía teniendo hambre, así que bajó el papel y lo colocó ante sí, desdoblándolo con cuidado. Se comió tres higos, dando bocados minúsculos y tarareando. Cuando hubo terminado, ya no le temblaban las manos. Envolvió de nuevo el único higo que quedaba y lo puso en el estante, y entonces bajó al suelo. Con una mano ahuecada, cogió un poco de agua de la pila y se la bebió. Sonrió. Notó un cosquilleo en las tripas.

45

Después de comer, Auri supo que ya hacía rato que debería haberle encontrado el sitio correcto al engranaje de latón.

Al principio intentó halagarlo. Con las manos, lo puso con cuidado encima de la repisa de la chimenea, junto a su caja de piedra. El engranaje, sin embargo, ignoró el cumplido y se limitó a quedarse allí, tan poco comunicativo como siempre.

Auri dio un suspiro, lo cogió con las manos y se lo llevó a Umbra, pero no se encontró a gusto rodeado de toneles viejos. Tampoco quiso quedarse en Grillito, cerca del arroyo. Auri lo llevó por toda Casa Oscura y lo puso en cada uno de los alféizares, pero al engranaje no le gustó ninguno.

A Auri cada vez le dolían más los brazos de soportar el peso del engranaje; intentó enfadarse, pero no aguantó mucho rato. Aquella rueda dentada no se parecía a nada que ella hubiera visto jamás en tantos años como llevaba allí abajo. Solo de mirarla se ponía contenta. Y aunque pesaba mucho, daba gusto tocarla. Era muy dulce. Una campana silenciosa que transmitía amor. Mientras Auri lo llevaba de un lado para otro, el engranaje cantaba a través de sus dedos sobre las respuestas secretas que contenía.

No, no podía enfadarse. El engranaje estaba haciendo cuanto podía. La culpa era de ella por no saber dónde le correspondía estar. Las respuestas siempre eran importantes, pero raramente eran fáciles. Tendría que tomarse su tiempo y hacer las cosas correctamente.

Para estar segura, Auri devolvió el engranaje al sitio donde lo había encontrado. Le habría entristecido mucho verlo marchar, pero a veces no había más remedio. Había cosas que sencillamente eran demasiado auténticas para quedarse. Algunas solo iban allí un rato, de visita.

Entró en el oscuro y abovedado Doce Gris, y la luz de Foxen

se dilató hacia el techo, que no alcanzaba a verse. Su sereno y verde resplandor acarició las tuberías que se enredaban por las paredes. Ese día, aquel sitio estaba diferente. Esa era su naturaleza. Aun así, Auri sabía que era bien recibida allí. O, si no bien recibida, al menos ignorada con indiferencia.

Auri se adentró en la habitación, donde la superficie de las aguas profundas y negras de la balsa estaba lisa como el cristal. Con cuidado, puso el engranaje derecho en el borde de piedra de la balsa, con el hueco del diente roto hacia arriba y un poco torcido. Dio un paso atrás y tapó a Foxen con una mano. Con solo la débil luz gris que entraba por la rejilla de arriba, el engranaje ya no resplandecía tanto como antes. Auri lo observó minuciosamente, expectante, con la cabeza ladeada.

Entonces sonrió. El engranaje no quería irse; eso, como mínimo, estaba claro. Auri lo cogió y lo puso en la estrecha cornisa sobre la balsa, junto a sus botellas. Pero el engranaje se quedó allí quieto, distante, reluciente de respuestas y mofándose de ella.

Auri se sentó en el suelo con las piernas cruzadas e intentó pensar en qué otro lugar podía encajar el engranaje de latón. ¿En Mandril? ¿En Candelero? Oyó un susurro de plumas por el aire. Unas alas batieron con fuerza, y luego cesaron. Al levantar la cabeza, Auri distinguió la silueta de un chotacabras destacada contra el círculo gris de la luz que entraba por la rejilla.

El pájaro golpeó algo duro contra la tubería, y luego se lo comió. Auri supuso que debía de ser un caracol. Sin embargo, no hizo falta que se preguntara qué clase de tubería era, porque el sonido que emitió indicó a Auri que era de hierro, negra y el doble de gruesa que su pulgar. El chotacabras golpeó otra vez la tubería, y luego se acercó a beber a la balsa.

Después de beber, el pájaro echó a volar de regreso a su percha. De nuevo a la tubería. De nuevo a colocarse en el centro del círculo de tenue luz gris. Golpeó la tubería por tercera y última vez.

Auri sintió un escalofrío. Se enderezó y miró con intensidad al pájaro. Él le sostuvo la mirada largo rato, y luego se alejó volando, pues ya había hecho lo que había ido a hacer.

Auri lo siguió con la mirada, como atontada, y, lentamente, el frío de sus entrañas formó un nudo. No podía pedir que las cosas fueran más claras. Entonces se le aceleró el pulso, y de pronto empezaron a sudarle las manos.

Echó a correr, y cuando ya se había alejado una docena de pasos, se dio cuenta de lo que había hecho y se apresuró a volver. Abochornada por su grosería, le dio un beso al engranaje de latón para que supiera que no tenía intención de abandonarlo y que pensaba regresar. Entonces se dio la vuelta y se marchó.

Primero fue a Manto, donde se lavó la cara, las manos y los pies. Sacó un pañuelo de su arcón de cedro y volvió a salir corriendo. Recorrió Rúbrica y Bajantes a toda velocidad hasta Banca. Respirando entrecortadamente, se plantó por fin ante la puerta de madera sin pretensiones que conducía a Tenimiento.

Atenazada por el miedo, examinó los bordes de la puerta, y se relajó al ver que tenían adheridas finas telarañas. Tal vez todavía estuviera a tiempo. Pegó una oreja a la madera y escuchó un buen rato. Nada. La abrió poco a poco.

De pie en el umbral, nerviosa, Auri escudriñó la habitación polvorienta. Miró las telarañas que colgaban del techo, miró las mesas donde había esparcidas herramientas sucias. Miró los estantes, llenos de botellas, cajas y latas. Miró la puerta al fondo de la habitación y comprobó que no había ni rastro de luz alrededor de los bordes.

Aquello no le gustaba. No era la Subrealidad. Era un sitio intermedio. No era para ella. Pero aunque no le gustara, todas las otras opciones eran peores.

Miró el suelo, cubierto de una fina capa de polvo en la que se apreciaba un rastro de huellas profundas de bota, marcas negras que se arrastraban por el polvo gris. Aquellas pisadas contaban una historia. Entraban por la otra puerta, iban de una mesa a un estante cercano, y luego trazaban una línea hasta la puerta donde se encontraba Auri.

Miró con odio el sitio por donde las huellas franqueaban el umbral. Al salir del suelo polvoriento de Tenimiento, las marcas se volvían invisibles. Eran de mucho tiempo atrás, pero aun así, su visión hacía que se le acelerara el pulso. Le ardía la piel, furiosa solo de pensar en ellas. Había otra serie de huellas de bota que contaban la historia a la inversa. Volvían a Tenimiento desde la Subrealidad, pasaban por las mesas y el estante y salían por la otra puerta. Describían una especie de círculo. Un circuito.

No eran huellas recientes. No obstante, contaban una historia que a Auri no le gustaba. Una historia que ella no quería que se repitiera.

Inspiró hondo para serenarse. No había tiempo para eso. Ellos vendrían, con sus botas duras y su arrogancia y sin ni una pizca de conocimiento adecuado de aquel lugar. Un sudor frío aplacó el ardor de su piel; Auri respiró hondo una vez más y se concentró.

Con gesto furibundo, inspiró, cruzó el umbral y entró en Tenimiento. Puso su piececito blanco dentro de la huella negra de una bota. Le resultó fácil, porque tenía los pies muy pequeños. Aun así, lo hizo con lentitud y parsimonia. Dio un segundo paso sin apenas posar los dedos del pie en el suelo. Sus piececitos encajaban fácilmente dentro de las huellas de bota, sin alterarlas y sin dejar su propio rastro.

Fue avanzando así, pasito a pasito. Primero hacia un estante, donde examinó los recipientes que allí había y se decidió por una pesada botella con tapón de cristal esmerilado. Luego cogió un cepillo y pasó un dedo por las cerdas. Entonces volvió hasta la puerta, con pasos lentos y gráciles de cervatillo.

Cerró la puerta al salir y, tras soltar un hondo suspiro de alivio, fue corriendo a Rúbrica.

Aunque iba deprisa, tardó una hora en encontrar el lugar correcto. Los túneles redondeados de ladrillo de Rúbrica recorrían la Subrealidad a todo lo largo y ancho, kilómetros y más kilómetros de pasillos que subían y bajaban y giraban para llevar las tuberías a donde tenían que llegar.

Cuando empezaba a temer que nunca la encontraría, cuando empezó a temer que quizá no estuviera en Rúbrica, oyó algo parecido a serpientes furiosas y lluvia. De no ser por ese ruido, tal vez habría tardado todo el día en encontrarla. Fue guiándose por el oído hasta que olió la humedad en el aire.

Por fin, al doblar una esquina, vio salir agua de una tubería de hierro agrietada. Parecía una fuente. La rociada había mojado los ladrillos en ambas direcciones hasta una distancia de seis metros, y las otras tuberías también goteaban. A las tuberías pequeñas de latón que transportaban aire presurizado no les importaba en absoluto. Y la tubería de orines, negra y gruesa, lo encontraba todo muy divertido. La tubería de vapor, en cambio, no estaba nada contenta. Su grueso envoltorio se había empapado, y rezongaba y humeaba, llenando el túnel de humedad y enrareciendo la atmósfera.

Desde donde se hallaba, Auri rastreó con la mirada la línea negra de la tubería de hierro rota, distinguiéndola de las demás. Sostuvo a Foxen en alto y echó a andar alejándose de la fuga y remontando el trazado de la oscura tubería.

Tras diez minutos y un rápido rodeo por Centenas, Auri encontró la válvula, una ruedecita tan pequeña que casi no podía manejarla con las dos manos. Dejó el cepillo y la botella, agarró la válvula con fuerza e intentó hacerla girar. Nada. De modo que se sacó el pañuelo del bolsillo, envolvió con él la ruedecilla y volvió a intentarlo, apretando los dientes. Al cabo de un buen rato, la válvula, que llevaba mucho tiempo sin engrasarse, cedió y, a regañadientes, dejó que la girasen.

Auri recogió sus utensilios y volvió sobre sus pasos. Ya no se oían las serpientes. La rociada se había detenido, pero todo el túnel seguía empapado. La humedad pesaba en el aire, y hacía que se le adhiriera el pelo a la cara.

Auri suspiró. Era tal como el maestro Mandrag había dicho años atrás. Regresó a la parte del túnel donde el suelo estaba seco y se sentó con las piernas cruzadas sobre los ladrillos entre las tuberías.

Aquello era lo más difícil. La espera la ponía nerviosa. Tenía mucho que hacer. Aquello era importante, desde luego, pero él llegaría al séptimo día, y ella apenas había empezado a prepararse...

Oyó algo a lo lejos. El eco de un sonido. ¿Un roce? ¿Un paso? ¿Ruido de botas? Auri, sobresaltada, se quedó quieta. Encerró con la mano a Foxen y permaneció inmóvil en la repentina oscuridad, aguzando el oído...

Pero no. No había nada. La Subrealidad acogía un millar de pequeñas cosas que se movían, el agua de las tuberías, el viento que pasaba por Trapo, el ruidoso retumbar de los carromatos, que se filtraba entre los adoquines, voces entreoídas cuyo eco se colaba por las rejillas. Pero botas, no. Ahora no. Todavía no.

Destapó a Foxen y fue a examinar de nuevo la fuga. Como el aire seguía caliente y cargado de humedad, Auri volvió a sentarse en aquel sitio donde no había nada que hacer más que preocuparse y tamborilear con los dedos. Se planteó volver corriendo a recoger el engranaje; así, al menos, tendría compañía. Pero no: tenía que quedarse.

Una fuga era un mal asunto. Pero una fuga podía pasar desapercibida cierto tiempo. Ahora, una vez cortado por completo el paso del agua por aquel trozo de tubería, era muy probable que allí arriba algo de vital importancia se hubiera visto alterado. Pero no había forma de saber qué. La tubería podía llevar a alguna parte en desuso de la Principalía, donde podía permanecer seca durante años sin que nadie se diese cuenta.

Pero también podía llevar a la residencia de los profesores, y quizá en ese preciso momento alguno de ellos estuviera dándose un baño. ¿Y si llevaba al Crisol, y algún experimento que hubieran dejado a calcinar allí tranquilamente estuviera sufriendo, en cambio, una cascada exotérmica no planeada?

Todo llevaba a lo mismo. Trastornos. Gente que encontraba llaves. Gente que abría puertas. Desconocidos paseándose por su Subrealidad con sus luces impropias. Su humo. Sus estridentes voces. Pisoteándolo todo con sus botazas, indiferentes a todo. Mirándolo todo sin tener ni idea de lo que implica una mirada. Toqueteando las cosas y desordenándolas sin la menor conciencia de lo que era correcto.

Auri se dio cuenta de que tenía los nudillos blancos. Se sacudió y se puso en pie. El pelo le colgaba, lacio, alrededor de la cabeza.

La atmósfera, sin embargo, estaba más limpia y despejada. Ya no había agua ni vapor. Auri recogió sus utensilios y comprobó, satisfecha, que la tubería se había secado por completo y lo había secado todo alrededor. Mejor aún: la sutil contemplación del silencio de las cosas había hecho desaparecer la humedad del ambiente.

Auri acercó a Foxen a la tubería negra de hierro, y le alivió ver que solo tenía una grieta del grosor de un cabello. Pese a que la tubería parecía seca, Auri sacó el pañuelo y se lo pasó. Y volvió a pasárselo. A continuación destapó la botella, mojó su cepillo y extendió un líquido transparente por aquella grieta diminuta.

Arrugó la nariz ante aquel olor cortante como un cuchillo,

volvió a mojar el cepillo y embadurnó de nuevo toda la circunferencia de la tubería. Sonrió y observó la botella. Era maravilloso. El tenaculum era peliagudo, pero perfecto. Ni espeso como la mermelada, ni fluido como el agua. Se agarraba, se adhería y se extendía. Estaba lleno de hierba verde, volteretas y... ¿sulfonio? ¿Nafta? No era lo que ella habría utilizado, pero los resultados eran incuestionables. El arte empleado era digno de admiración.

No tardó mucho en recubrir el tramo de tubería donde estaba la grieta con aquel líquido brillante. Se pasó la lengua por los labios, miró hacia arriba, acumuló saliva y escupió con delicadeza en el extremo del segmento húmedo. La superficie embadurnada con tenaculum se rizó, y Auri amplió su sonrisa. Estiró un dedo y se alegró al comprobar que la superficie había quedado dura y lisa como el cristal. Sí. Quienquiera que hubiese preparado aquello había demostrado que dominaba a la perfección el arte de la alquimia.

Auri aplicó dos capas más, embadurnando bien toda la circunferencia de la tubería donde estaba la finísima grieta, y un palmo más en cada dirección. Volvió a escupir dos veces para fijarla bien. Entonces tapó la botella, la besó, sonrió y volvió, presurosa, a dar el agua.

Una vez cumplido su deber, Auri se ocupó del cepillo y regresó a Tenimiento. Pegó una oreja a la puerta. Escuchó. Oyó un débil... No. Nada. Contuvo la respiración y aguzó el oído. Nada.

Aun así, abrió la puerta lentamente. Miró dentro y comprobó que alrededor de la otra puerta no había luz. Creyó ver huellas nuevas de botas, y se le heló el corazón... Pero no. Solo eran sombras. Solo era su miedo atenazante.

Con cuidado, devolvió la botella a su anaquel, colocándola dentro del círculo oscuro sin polvo donde la había encontrado. Y luego el cepillo. Caminó pisando las grandes y brutas huellas de las botas. No le gustaba desordenar las cosas. Caminaba como se mueve el agua dentro de una pequeña ola. A pesar del movimiento, el agua permanece inalterada. Era la forma correcta de hacer las cosas.

Despacio, cerró la maciza puerta tras ella. Comprobó el pestillo para asegurarse bien. Al volver a entrar en la Subrealidad, debería haber notado la dulzura de las piedras bajo los pies. Pero no la notó. Eran simplemente piedras. El aire estaba raro y tenso. Pasaba algo.

Se detuvo y volvió a escuchar a través de la puerta. Pegó bien la oreja; luego abrió un poquito y escudriñó el interior por la rendija. Nada. La cerró y comprobó el pestillo. Apoyó todo su peso contra la puerta e intentó suspirar, pero no encontró aire dentro de su pecho. Pasaba algo. Se le había olvidado algo.

Regresó corriendo a Rúbrica, y le dio un vuelco el corazón al comprobar que había torcido en la dirección equivocada. Y luego volvió a equivocarse. Pero entonces encontró la válvula. Se arrodilló para asegurarse de que la había abierto en lugar de cerrarla. Puso las dos manos sobre la tubería y notó el temblor del agua que corría por ella.

Entonces no era eso. Pero aun así... ¿Se había movido con suficiente cuidado? ¿Había dejado alguna mancha en el suelo? Corrió hasta Tenimiento y pegó una oreja a la puerta. Nada. La abrió y sostuvo en alto a Foxen para que su luz alumbrara el suelo cubierto de polvo. Nada.

A Auri le brillaba la piel, sudada. Cerró la pesada puerta. Comprobó el pestillo y apoyó su ligero peso contra ella, empujando con las manos y la frente. Intentó respirar más hondo, pero tenía el corazón tenso y rígido en el pecho. Pasaba algo raro con el aire. La puerta se negaba a encajar del todo en su marco. Volvió a empujarla con ambas manos. Comprobó el pestillo. De pronto, la luz de Foxen parecía demasiado débil. ¿Se había movido con suficiente cuidado? No. Lo sabía. Aguzó el oído, abrió un poco la puerta y volvió a mirar dentro. Nada. Pero ver, sin más, no ayudaba. Ella sabía que las cosas eran mucho más que su apariencia. Pasaba algo. Lo intentó, pero no conseguía aflojar. No podía tomar aire. Las baldosas bajo las plantas de sus pies no parecían sus baldosas. Necesitaba llegar a algún lugar seguro.

Pese a las baldosas y la rareza del aire, Auri echó a andar en dirección a Manto. Tomó el camino menos peligroso, y aun así andaba despacio. Y aun así, a veces tenía que parar, cerrar los ojos y concentrarse en respirar. Y aun así, la respiración servía de muy poco. ¿Cómo iba a servir si el aire mismo se había vuelto falso?

En Recolecta nada tenía el ángulo adecuado, pero Auri no se dio cuenta de cuánto se había perdido hasta que miró alrededor y se encontró en Escaperlo. No se explicaba cómo podía haberse alejado tanto, pero no cabía duda de dónde se hallaba. La humedad lo invadía todo. El olor a podrido. La arenilla bajo los pies. La mirada lasciva de las paredes. Auri giró hacia un lado y hacia otro, pero no encontraba su sitio.

Intentó seguir adelante. Sabía que si caminaba, torcía y seguía caminando, al final saldría del lúgubre y arenoso Escaperlo. Llegaría a un lugar más agradable. O al menos, a un lugar que no se retorciera, y se encarrujara, amenazador, a su alrededor.

Así que caminó, torció y miró alrededor, sin perder la esperanza de descubrir un atisbo de algo que le resultara familiar. Sin perder la esperanza de que las piedras, poco a poco, empezaran a ser reconocibles bajo sus pies. Pero no. El martilleo de su corazón le aconsejaba correr. Necesitaba llegar a su lugar seguro. Necesitaba llegar a Manto. Pero ¿dónde estaba el camino? Y aunque supiera el camino, el aire estaba cada vez más tenso y mareante a su alrededor. Aunque se resistía a tocarlas, Auri estiró un brazo y apoyó la mano en una pared afilada y hostil.

Unos pocos pasos más. Un giro. Auri sonrió al ver que las cosas se abrían ante ella. Por fin. La tensión de su pecho empezó a disminuir cuando vio el final de Escaperlo un poco más adelante. Dio un par de pasos, pero entonces se percató de cuál era el camino que se le ofrecía. Paró en seco. No. No, no. La maraña hostil del túnel se despejaba al fondo. Pero iba a dar al extenso y vacío silencio de la Puerta Negra.

Auri ni siquiera dio media vuelta. Se limitó a dar un paso tras otro marcha atrás y volver por donde había venido. Era difícil. La pared se le enganchó a la mano y le arrancó la piel de los nudillos. El nudo prieto y húmedo de Escaperlo no quería que ella volviera dentro. Pero Puerta Negra sí. El camino ancho y acogedor de Puerta Negra se extendía ante ella como una boca abierta, muy oscura. Una cueva. Una caverna. Una cripta.

Paso a paso fue retrocediendo hacia Escaperlo. No se atrevía a perder de vista el camino que conducía a Puerta Negra. No se atrevía a darle la espalda y que se tornara invisible. Indecoroso. Indigno.

Por fin torció una esquina, marcha atrás, y, temblando, se dejó caer al suelo. Necesitaba que las cosas no se desmontaran a su alrededor. Necesitaba volver a Manto. Necesitaba su lugar más perfecto. Allí las baldosas que pisaba eran seguras. Allí todo era dulce y correctamente auténtico.

Auri estaba mareada, inclinada, caída. Se sacudió y no consiguió levantarse, así que se replegó y se sentó en el suelo con las piernas cruzadas.

Se quedó largo rato allí sentada, en silencio. Cerró los ojos. Cerró la boca. Cubrió a Foxen con una mano. Tan pequeña y tan quieta. La humedad repugnante de Escaperlo se le enganchaba en el pelo, lo volvía lacio y pesado. Auri dejó que su propio intrincamiento cayera a su alrededor como una cortina, formando un diminuto espacio dentro. Un espacio muy pequeño solo para ella.

Abrió los ojos y miró dentro de ese diminuto espacio privado. Vio al valiente Foxen brillando con valentía en ese refugio que le ofrecían sus manos. Lo destapó, y aunque su luz era débil y escasa, verlo en aquel reducido espacio la hizo sonreír. Tanteó en su interior en busca de su nombre, perfecto y auténtico, y si bien tardó un rato largo y triste, al final lo tocó. Estaba estremecido y torcido. Asustado. Pelado. Pero por los bordes todavía destellaba. Todavía le pertenecía. Brillaba.

Moviéndose despacio, Auri se levantó y salió de Escaperlo. La atmósfera estaba cargada y convulsiva. Las paredes estaban llenas de maldad. Las baldosas se resentían de cada uno de sus pasos. Todo gruñía y se desmoronaba por todas partes. A pesar de todo, Auri encontró el camino que llevaba a Recolecta, donde las paredes estaban sencillamente tristes. Desde allí se dirigió a Incordios.

Auri notó por fin las baldosas de Manto bajo los pies. Entró con ligereza en su lugar más perfecto. Se lavó la cara, las manos y los pies. Eso ayudó. Se sentó largo rato en su silla perfecta. Se deleitó contemplando su hoja perfecta. Respiró el aire maravillosamente normal. Ya no notaba la piel tensa. Su corazón se tornó mantecoso y cálido. Foxen volvía a brillar efusivamente, casi radiante.

Auri fue a Caraván y se cepilló el pelo hasta que la humedad y los enredos desaparecieron por completo. Inspiró y soltó el aire con un suspiro. Notaba la dulzura de su nombre dentro de su pecho. Todo volvía a estar en su sitio. Sonrió.

Precioso y dañado

Auri descansó un momento; luego bebió agua de la balsa de Mota, y entonces bajó a buscar el engranaje de latón. Era paciente como tres piedras, pero aun así, merecía encontrar su lugar adecuado, como cualquiera.

Puesto que no se le ocurrió nada mejor, Auri lo bajó a Galeras. Quizá fuera ese el lugar que le correspondía. O mejor aún, quizá aquel artefacto de latón le diese alguna pista de qué podía ser aquella minúscula y misteriosa incorrección que impedía que la sala de estar produjera un sonido dulce como el de una campanilla.

Y quizá allí abajo pudiera ver el engranaje con mejor luz. Sobre todo ahora que el sitio estaba tan nuevo y casi perfecto. Suponía que era un sitio tan bueno como el mejor.

Así que bajó al elegante y correcto Galeras, con sus paredes forradas con paneles de madera. Y entró en su nueva sala de estar. Puso el engranaje encima del sofá y se acurrucó a su lado, recogiendo las rodillas.

El engranaje no parecía más contento allí. Auri suspiró y lo miró ladeando la cabeza. Pobrecillo. Mira que ser tan bonito y estar tan perdido... Estar tan repleto de respuestas, con todo ese conocimiento atrapado dentro. Ser tan precioso y estar dañado. Auri asintió con la cabeza y posó delicadamente una mano sobre la cara lisa del engranaje para consolarlo.

¿Y en Fondotravés? ¿Por qué no se le había ocurrido antes? Cierto: cuando pensaba en amor y en respuestas, nunca le venían a la mente las antiguas ruinas de la caverna. Pero quizá precisamente por eso... Quizá hubiera algún mecanata que llevara mucho tiempo muerto, y que necesitara desesperadamente nueve dientes brillantes y amor para su abandonado corazón.

Auri deslizó un dedo por uno de los lados del engranaje, y se le enganchó un poco la piel en el borde irregular de la parte donde faltaba el décimo diente.

Y de golpe lo entendió. Supo exactamente qué pasaba. Claro. Se puso en pie de un brinco, sonriendo emocionada. Levantó la esquina de la alfombra y la enrolló hasta que vio el botón que había allí debajo, tan contento.

Se metió rápidamente las manos en los bolsillos, buscándolo. ¡Sí!

Auri puso la hebilla deslustrada junto al botón. La acercó un poco más. Le dio la vuelta. Ya. Tembló ligeramente al volver a colocar bien la alfombra. La alisó con las dos manos.

Se levantó, y dentro de ella se produjo un chasquido, como el de una llave al accionar una cerradura. Ahora la habitación estaba perfecta, completa como un círculo. Como una campanilla. Como la luna cuando estaba completamente llena.

Auri rió encantada, y cada brote de risa era un pajarillo que revoloteaba por la estancia.

Se quedó en el centro de la habitación y giró sobre sí misma para verla toda. Y cuando su mirada pasó por el anillo de encima de la mesa, vio que ya no le correspondía estar allí. Podía irse a donde quisiera. Tenía un resonar dorado, y el ámbar que contenía era manso como una tarde de otoño.

Rebosante de júbilo, Auri se puso a bailar. Sus pies descalzos destacaban, blancos, contra la oscuridad suave como el musgo de la alfombra.

Volvió a coger el engranaje de latón; al sujetarlo con ambas manos, sonrió. El corazón le daba volteretas. Todavía no había llegado a Manto cuando oyó una débil música.

Auri se quedó inmóvil como una estatua. Silenciosa como el interior de un corazón. No podía ser. Todavía no. Faltaban muchos días. Auri todavía no había...

Volvió a oírlo: un sonido muy débil que tal vez fuera el tintineo de cristal contra cristal, o el trino de un pájaro, o el lejano cantar de una cuerda muy tensada.

¡Había llegado! Antes de hora, y la había sorprendido desaliñada y con las manos vacías. De todas formas, le dio un vuelco el corazón de pensar que iba a volver a verlo.

Regresó a toda prisa a Manto, más veloz que un conejo perseguido por un lobo. Tomó el camino más rápido, a pesar de que pasaba por Carotillo, con su humedad y su miedo y el espantoso olor a flores calientes suspendido en el aire.

De vuelta en Manto, colocó el engranaje de latón en la repisa de la chimenea. Entonces se lavó la cara, las manos y los pies. Se desvistió y se puso su vestido favorito.

Entonces, temblando de nervios y emoción, fue corriendo a Puerto y recorrió los anaqueles con la mirada. El hueso no, desde luego. Ni el libro. Todavía no. Puso dos dedos sobre el cristal, lo cogió, le dio la vuelta. Respiró, saboreando el aire. Volvió a dejarlo en su sitio.

Inquieta, echó un vistazo a Manto. Su hoja amarilla y perfecta estaba casi como debía. El engranaje estaba resentido, indignado. De eso él ya tenía bastante.

Estaba su anillo nuevo de oro otoñal. Era muy bonito, sin duda. Y encajaba con él, doblemente brillante. Pero como regalo era... un presagio. Auri no quería insinuarle nada que tuviera relación con demonios.

Entonces vio el tarrito con la boca abierta. Desvió la mirada hacia el otro estante, con su colección de bayas de acebo, brillantes como la sangre sobre el paño. La embargó la emoción. Sonrió.

Cogió las bayas y las metió en el tarrito. Cabían perfectamente. ¡Claro! Eran responsables y auténticas. Un tarro de bayas de acebo. Para que él estuviera a salvo. Una visita temprana. Música.

Era un obsequio demasiado improvisado para su gusto. Casi no era correcto. Pero a decir verdad, era él quien había llegado antes de hora. Estaba suficientemente bien para una visita temprana. Salió corriendo por la puerta; sus pies descalzos corretearon por Cancamurria, bajaron por Remos y, por último, subieron a Viaje por Debajo.

Una vez allí, Auri se detuvo bajo la maciza rejilla de desagüe. Intentó aguzar el oído, pero el corazón le martilleaba en el pecho. Nada. ¿Sería real lo que había oído momentos antes? ¿Estaría él esperando? ¿Se habría marchado ya, harto de esperar?

Puso a Foxen en su cajita, echó el cierre oculto y empujó los sólidos barrotes de hierro de lo alto con brazos temblorosos. La rejilla se abrió y Auri subió a Manzanal, protegida por los setos que allí había. Se quedó quieta y escuchó. No oyó voces. Bien. No había luz en las ventanas. Bien.

La luna contemplaba Manzanal. No era una buena luna. Auri se refugió en el seto y escudriñó el cielo. No había nubes. Cerró los ojos y volvió a escuchar. Nada.

Inspiró hondo y echó a correr por la hierba hasta detenerse bajo las ramas protectoras de Lady Larbor. Allí se paró a respirar, quieta, quietísima. Tras mirar de nuevo alrededor, trepó presurosa por las retorcidas ramas. No era fácil con el tarro de bayas en una mano. Resbaló un poco y la corteza, áspera, le arañó las plantas de los pies.

Había llegado a lo alto de las cosas. Desde allí lo veía todo, y eternamente. Todo Temerant se extendía a sus pies hasta el infinito. Era tan bonito que la luna casi no le importaba.

Veía las chimeneas puntiagudas del Crisol, y las alas de las Dependencias, llenas de luz parpadeante. Hacia el este divisó la línea plateada del Gran Camino de Piedra que surcaba el bosque, se extendía hasta el Puente de Piedra, atravesaba el río y se alejaba, se alejaba, se alejaba...

Pero él no estaba allí. No había nada, solo brea caliente bajo sus pies. Y chimeneas. Y nitidez de luna.

Auri agarró con fuerza el tarro de bayas de acebo que llevaba en la mano. Miró alrededor y se metió bajo la sombra de una chimenea de ladrillo para que la luna no pudiera verla.

Aguantó la respiración y aguzó el oído. Él no estaba allí. Pero quizá... Quizá si ella esperaba...

Miró alrededor. El viento pasaba resoplando y le alborotaba el pelo alrededor de la cara. Se lo recogió y arrugó la frente. Él no estaba allí. Claro que no estaba. No llegaría hasta el séptimo día. Ella lo sabía. Sabía cómo funcionaban las cosas.

Se quedó allí plantada, inmóvil, con las manos cerca del pecho. Sujetaba el tarro de bayas. Recorría con la mirada los tejados bañados por la luz de la luna.

Se sentó con las piernas cruzadas en el tejado de zinc, a la sombra de la chimenea de ladrillo.

Miró alrededor y esperó.

Un lugar muy agradable y singular

Al final, una nube tapó la luna. Qué engreída. Auri aprovechó la ocasión para escabullirse y volver a la Subrealidad.

Recorrió todo Centenas con el corazón encogido. Pero en Umbra encontró una gran maraña de madera seca que debía de haberse colado por alguna rejilla durante una tormenta ya olvidada. Fresno, olmo y espino. Había tanta madera que tuvo que hacer seis viajes para llevársela toda a Manto. Fue un hallazgo interesante, y cuando hubo acabado, Auri casi silbaba de alegría.

Se lavó la cara, las manos y los pies. Sonrió al aspirar el olor de su pastilla de delicado jabón, cuyo tamaño se había reducido un poco más, y volvió a ponerse su segundo vestido favorito. Todavía era un día de acciones.

Tras llenarse los bolsillos y coger su saco de recoger, se dirigió a Mandril. Ni siquiera se mojó los pies, pues hacía una eternidad que no caía una lluvia abundante. Llegó al tramo final del tortuoso camino, y se detuvo ante la última esquina. Como había un ligero rastro de luz de luna, dio un beso rápido a Foxen y se apresuró a guardarlo en su cajita de madera.

Recorrió la última parte de Mandril casi de memoria, pues apenas veía; fue pisando con cuidado hasta que se encontró ante la rejilla de desagüe vertical, desde donde solo se veía el fondo de un barranco. Auri se colocó junto a los gruesos barrotes. Desde allí oteó el contorno del Refugio en lo alto de la colina, recortado contra el cielo estrellado. En unas pocas ventanas había luces encendidas, algunas rojas y otras amarillas, y, en el piso más alto, una de un azul intenso y espeluznante.

Entonces aguantó la respiración. No oyó voces, ni ruido de cascos, ni gritos. Alzó la vista y vio las estrellas, la luna y unos finos jirones de nube. Contempló el lento remar de aquellas estelas de nube por el cielo, y esperó hasta que taparon el creciente de luna.

Entonces descorrió el pestillo oculto de la parte interior de la rejilla, y esta se abrió como una puerta. Auri echó a correr por el barranco, atravesó una extensión de hierba bien cortada y se cobijó bajo las generosas ramas de un roble.

Permaneció un rato allí, inmóvil, hasta que su corazón dejó de galopar. Hasta haberse asegurado de que no la habían visto.

Rodeó lentamente el árbol hasta que el edificio ya no podía verla. Entonces se dio la vuelta y se perdió en el bosque.

Encontró el sitio mientras recogía piñas: un pequeño cementerio olvidado con las lápidas recubiertas de hiedra. Los rosales silvestres trepaban por los restos de una vieja cancela de hierro forjado.

Con los brazos pegados al cuerpo y las manos bajo la barbilla, Auri entró en el cementerio. Sus piececillos se movían entre las lápidas en silencio.

La luna había vuelto a salir, pero ahora estaba más baja, y un poco avergonzada. Auri le sonrió; se alegraba de que le hiciera compañía ahora que ya no estaba en lo alto de las cosas y el Refugio había quedado muy lejos. Allí, al borde del claro, la luna mostraba las bellotas esparcidas por el suelo. Auri pasó unos minutos recogiendo las que tenían el cascabillo perfecto y metiéndolas en su saco de recoger.

Se paseó entre las lápidas y se detuvo junto a una rota, cuya inscripción habían borrado la lluvia y el tiempo. La tocó con la yema de dos dedos y siguió adelante. Levantó la hiedra de un monumento y se volvió para ojear el laurel que se erguía en un rincón alejado del cementerio. Las raíces se extendían entre las lápidas, y las ramas se esparcían por lo alto. Era precioso. Tan extraño y fuera de lugar.

Pisando con cuidado entre las raíces, Auri se acercó al laurel y apoyó una mano en su oscuro tronco. Respiró hondo y aspiró el perfume tibio de sus hojas. Lo rodeó lentamente y descubrió un hueco oscuro en el suelo, entre las raíces.

Hizo un gesto afirmativo, metió una mano en su saco de recoger y sacó el hueso que había encontrado el día anterior. Se agachó y lo metió en lo más hondo del hueco oscuro bajo el árbol. Sonrió, satisfecha.

De nuevo en pie, se sacudió las rodillas y se desperezó. Entonces empezó a recoger los pequeños frutos azules del laurel y también fue guardándolos en el saco de recoger.

Después exploró el bosque. Encontró una seta y se la comió. Encontró una hoja y sopló sobre ella. Alzó la mirada hacia las estrellas.

Más tarde aún, Auri atravesó un riachuelo que nunca había visto, y le sorprendió encontrar una pequeña granja más allá, rodeada de árboles.

Fue una grata sorpresa. Era un sitio apropiado. Toda de piedra, con tejado de pizarra a dos aguas. En el porche trasero, cerca de la puerta, había una mesita, y, encima, un plato de madera tapado con un cuenco de madera vuelto del revés. Junto al plato había un cuenco de cerámica tapado con un plato de cerámica.

Auri levantó el cuenco de madera y, debajo, encontró un

trozo de pan moreno recién hecho. Contenía salud, y corazón, y calor de hogar. Era precioso, y estaba lleno de invitación. Se lo guardó en el bolsillo.

Sabía que en el otro cuenco había leche, pero el plato que lo tapaba estaba puesto boca arriba, y eso indicaba que no era para ella. Se lo dejó a las hadas.

Guardándose en las sombras, Auri se dirigió por el jardín hacia el granero. Allí había un perro extraño, encallecido y preñado de aullidos. Era casi tan alto como Auri, y la cruz le llegaba a ella casi por los hombros. Salió de las sombras cuando Auri se acercó al granero.

Era negro, con el cuello grueso y cicatrices en la cara. Le faltaba un trozo de oreja, consecuencia de alguna antigua pelea. Se le acercó despacio, con la cabezota agachada, receloso, moviéndose de un lado a otro y sin dejar de mirarla.

Auri sonrió y le tendió una mano. El perro la olfateó; luego le lamió los dedos, dio un bostezo enorme y se echó a dormir.

El granero era inmenso: de piedra la parte inferior y de madera pintada la superior. Las puertas estaban cerradas y aseguradas con un gran candado de hierro. Sin embargo, el pajar estaba completamente abierto para recibir a la noche. Auri, veloz como una ardilla, trepó por la pared de piedra recubierta de hiedra. Al llegar a la planta superior tuvo que reducir la marcha, pues a sus manos y sus pies no les resultaba tan fácil agarrarse a los tablones de madera.

El granero estaba lleno de almizcle y de sueño. Y oscuro, con excepción de unas finas franjas de luz de luna que se filtraban, sesgadas, a través de las paredes de madera. Auri abrió la cajita de Foxen, y su luz verde azulada se derramó e inundó la despejada estancia.

Un caballo viejo le acarició el cuello con el hocico al pasar Auri por delante de su cuadra. Ella le sonrió y se detuvo un momento a cepillarle la cola y la crin. Una cabra preñada la saludó con un balido. Le puso un poco de grano en el comedero. También había un gato; Auri y él se ignoraron.

Auri se quedó un rato para observarlo todo: la rueda de molino, el molinillo de mano, la pequeña pero idónea mantequera, una piel de oso curtida y puesta a secar sobre una tabla. Era un lugar muy agradable y singular. Todo estaba atendido y cuidado. Auri no vio nada inútil, perdido ni erróneo.

Bueno, casi nada. Hasta el barco más estanco deja entrar un poco de agua. Un nabo se había salido del cubo y había quedado abandonado en el suelo. Auri se lo guardó en el saco de recoger.

También había una gran fresquera de piedra. Estaba llena de bloques de hielo, todos más gruesos y el doble de largos que un ladrillo de hormigón. Dentro, Auri encontró varias piezas de carne y mantequilla dulce. Había, asimismo, un cuenco con un pedazo de sebo y una fuente con un trozo de panal.

El sebo estaba furioso. Era una tormenta de manzanas de otoño, vejez e ira. No había nada que deseara más que marcharse de allí. Auri lo guardó en el fondo de su saco de recoger.

Pero el panal... ¡ay, era precioso! No había sido robado en absoluto. El granjero amaba a las abejas y hacía las cosas como era debido. Estaba lleno de campanillas silenciosas y perezosas tardes de verano.

Auri rebuscó en los bolsillos. Sus dedos tocaron el cristal y la estatuilla de piedra. El pedrusco tampoco era indicado para aquel lugar. Metió una mano en el saco de recoger y tanteó entre las bellotas que había reunido.

Durante largo rato pareció que nada de lo que había llevado consigo fuera a encajar. Pero entonces sus dedos lo encontraron, y Auri enseguida lo supo. Con cuidado, sacó el trozo de delicado y deshilachado encaje blanco. Lo dobló y lo dejó cerca de la mantequera. Era la esmerada labor de muchos días de otoño, largos y letárgicos. Sin duda hallaría un objetivo en un lugar como aquel.

Entonces Auri cogió el paño blanco limpio con que habían estado envueltas las bayas de acebo y lo frotó con un poco de mantequilla. Partió un trozo del pegajoso panal, del doble del tamaño de su mano abierta, y lo envolvió lo mejor que pudo.

Le habría encantado tener también un poco de mantequilla, pues la suya estaba llena de cuchillos. En el estante de la fresquera había once porciones cuadradas, una al lado de otra. Llenas de clavo de olor y trinos de pájaros y, curiosamente, sombrías pizcas de arcilla. Aun así, eran todas adorables. Auri registró su saco de recoger y rebuscó dos veces en todos sus bolsillos, pero al final no encontró nada.

Cerró bien la fresquera. Subió por la escalerilla que conducía hasta la ventana abierta del altillo. Guardó a Foxen, y entonces, con el saco de recoger cruzado a la espalda, Auri inició el lento descenso por la fachada del granero.

Ya en el suelo, se apartó el vaporoso cabello de la cara y besó al perro grandote en la cabeza dormida. Dobló la esquina del granero dando saltitos, y había dado una docena de pasos cuando un cosquilleo en la nuca le indicó que la estaban observando.

Paró en seco y se quedó inmóvil como una estatua. Su pelo, acariciado por el viento, se movía por su cuenta e iba lentamente a la deriva, rodeándole la cara con la suavidad de una bocanada de humo.

Sin girar la cabeza, moviendo solo los ojos, Auri la vio. En el piso de arriba, en el rectángulo negro de una ventana abierta: una cara pálida, aún más pequeña que la suya. Una niña la observaba con los ojos muy abiertos y se tapaba la boca con una mano diminuta.

¿Qué había visto? ¿La luz verdosa de Foxen colándose a través de los listones? ¿La menuda silueta de Auri, envuelta por una melena de vilano de cardo, descalza bajo la luz de la luna?

Auri compuso una sonrisa que quedó oculta tras la cortina

de su pelo. Entonces hizo una voltereta lateral, la primera en mucho tiempo. Su pelo, finísimo, la siguió como la cola de un cometa. Paseó la vista alrededor y vio un árbol con un agujero oscuro en el tronco. Fue danzando hasta él, brincando y revoleando, y una vez allí se agachó y se asomó al agujero.

Entonces, de espaldas a la granja, Auri abrió la caja de Foxen, y, en ese preciso instante, un gritito ahogado recorrió el silencio nocturno que la envolvía. Se tapó la boca con una mano para no reír. El agujero era perfecto; tenía la profundidad justa para que una niñita metiera una mano y rebuscase dentro. Una niñita curiosa, claro, y lo bastante valiente para hundir el brazo casi hasta el hombro.

Auri se sacó el cristal del bolsillo. Lo besó; era un explorador valiente y afortunado. Era la cosa perfecta. Y aquel era el lugar perfecto. Cierto: Auri ya no estaba en la Subrealidad, pero aun así, aquello era tan auténtico que no podía negarse.

Envolvió el cristal con una hoja y lo puso en el fondo del agujero.

Entonces echó a correr por el bosque. Danzando, brincando y riendo feliz.

Regresó al cementerio y se subió a una gran lápida. Risueña y sentada con la espalda recta, Auri hizo una cena pertinente a base de pan moreno tierno con una pizca de miel. De postre comió piñones recién extraídos de sus piñas; cada uno era un festín diminuto y perfecto.

Entretanto, su corazón rebosaba de emoción. Su sonrisa brillaba más que el creciente de luna del cielo. Y se lamió los dedos, como habría hecho un ser ordinario, indecoroso y malvado.

Hueca

El tercer día, Auri lloró.

La oscuridad furiosa

El cuarto día, cuando Auri despertó, las cosas habían cambiado.

Lo supo antes incluso de salir del sueño desperezándose, antes incluso de abrir los ojos en aquella oscuridad impenetrable. Foxen estaba asustado y lleno de montañas. Así pues, era un día de reducir. Un día de quemar.

Auri no se lo reprochó. Lo entendía. Había días que te aplastaban como una losa. Otros eran veleidosos como gatos, se escabullían cuando necesitabas consuelo y regresaban más tarde, cuando tú ya no los querías, incordiándote y reclamando tu atención.

No, no le reprochaba nada a Foxen. Pero durante medio minuto lamentó que no fuera otra clase de día, a pesar de saber que deseando cosas no se conseguía nada. A pesar de saber que no estaba bien hacerlo.

Aun así, los días de quemar eran quebradizos y frangibles en exceso. No eran días buenos para actuar. Eran días buenos para quedarte quieto y que el suelo no se moviera bajo tus pies.

Pero solo le quedaban tres días. Todavía había mucho por hacer.

Moviéndose lentamente, a oscuras, Auri recogió a Foxen de su plato. Él casi ardía de temor; así iba a ser imposible convencerlo, pues de tan hosco, casi se volvía agresivo. De modo que le dio un beso y volvió a dejarlo en su sitio. Entonces se levantó de la cama bajo el manto tenebroso de una oscuridad tupida y opaca. No servía de nada tener los ojos abiertos, así que los dejó cerrados mientras buscaba a tientas el arcón de cedro. Los dejó cerrados mientras sacaba cerillas y una vela.

Frotó una cerilla contra el suelo hasta que esta chisporroteó un momento y se rompió. A Auri se le cayó el alma a los pies. Era un mal comienzo para un mal día. La segunda cerilla apenas chispeó: se limitó a hacer un ruido que le produjo dentera. La tercera se partió. La cuarta prendió, pero se apagó enseguida. La quinta quedó reducida a nada. Y ya no había más cerillas.

Auri se sentó un momento en la oscuridad. Aquello ya había sucedido otras veces. Ya hacía mucho tiempo que no le pasaba, pero se acordaba. Otras veces se había quedado así, vacía como una cáscara de huevo. Hueca y con sensación de presión en el pecho en una oscuridad furiosa, la primera vez que le había oído tocar. Antes de que él le regalara su nuevo nombre, dulce y perfecto. Un trozo de sol que nunca la abandonaba. Era un bocado de pan. Una flor en su corazón.

Pensar en esas cosas hizo que le resultara más fácil levantarse. Sabía cómo llegar hasta su mesilla de noche. La vasija y el agua fresca. Se lavaría la cara y las manos...

Pero no había jabón. Se le había terminado. Y las otras pastillas estaban donde les correspondía estar, en Obrador.

Volvió a sentarse en el suelo, al lado de la cama. Cerró los ojos. Y estuvo a punto de quedarse allí, sin fuerzas y con el pelo enredado, triste y sola como un botón.

Pero él estaba en camino. Pronto llegaría, tan dulce, tan valiente, tan desgarrado y tan bueno. Llegaría cargado, con sus astutos dedos, e ignorante por completo de tantísimas cosas. Era duro y resistente, pero aun así...

Tres días. Llegaría al cabo de tres breves días. Y pese a lo mucho que había trabajado y a las vueltas que había dado, ella no había encontrado ningún regalo adecuado para él. Pese a su profundo conocimiento de la naturaleza de las cosas, todavía no había oído ni el más leve eco de nada que pudiera ofrecerle.

Ningún obsequio adecuado, ni nada para compartir. Era inadmisible. Así que Auri se recompuso y, despacio, se levantó.

De Manto se podía salir por tres sitios. El pasillo estaba oscuro. El portal estaba oscuro. La puerta estaba oscura y cerrada y vacía y no era nada.

Así pues, sin amigos ni luz que la guiaran, salió por el pasillo con andares lentos y cautelosos y avanzó hacia Guardamangel.

Pasó por Candelero acariciando la pared con la yema de los dedos para orientarse. Tomó el camino más largo, ya que, sin luz, era demasiado peligroso pasar por Brincos. Cuando había recorrido cerca de la mitad de Recolecta, se detuvo y dio media vuelta por temor a encontrarse el Doce Negro más allá. Arriba, el aire estaba oscuro y quieto y frío, igual que lo estaba la balsa abajo. Ese día, Auri no soportaba ni pensarlo.

De modo que no había otra forma de llegar más que por el húmedo y mohoso Escaperlo. Y por si eso fuera poco, el único camino correcto para atravesar Incordios era exageradamente estrecho y estaba lleno de telarañas que lo cruzaban de un lado a otro. Se le enredaban en el pelo, y eso la dejaba pringosa y la enojaba.

Pero al final encontró el camino para llegar a Guardamangel. La recibió el repiqueteo del agua fría de la pila, y entonces se acordó del hambre que tenía. Encontró las pocas cerillas que le quedaban en el anaquel, y encendió su lámpara anímica. Su repentino resplandor le lastimó los ojos, e incluso una vez que se hubo recuperado, su luz amarilla y saltarina hacía que todo pareciera extraño y nervioso.

Se guardó en el bolsillo las cinco cerillas que quedaban y bebió agua fría de la pila. Los anaqueles estaban más vacíos de lo habitual bajo aquella luz extraña y temblona. Se lavó las manos y la cara con aquella agua helada y se sentó en el suelo a comer el nabo a pequeños mordiscos. Luego se comió el último higo. Su carita adoptó una expresión muy seria. El aire tenía un olor picante a nuez moscada.

Vacilante y pringosa de telarañas, Auri se dirigió a Obrador. No era un día de amasar. Era un día agachado y huraño como un horno olvidado.

Dejó atrás aquellas tuberías añejas y torció y giró hasta llegar a la pequeña hornacina de ladrillo, perfecta para dejar madurar su reserva secreta de jabón porque no estaba caliente, pero sí seca. Y...

No había jabón. Su jabón había desaparecido.

Pero no. Era la inquieta luz de la lámpara anímica, que la había engañado. Una luz rara y amarilla que proyectaba sombras por todas partes y alteraba la Subrealidad; no podías fiarte de ella. Sin duda alguna, aquella era otra hornacina de ladrillo, y por eso estaba vacía.

Dio media vuelta y retrocedió hasta Rescoldante. Una vez allí, volvió, pero esta vez contó los giros que daba. Izquierda y derecha. Izquierda, izquierda y derecha.

No. Aquello era Obrador. Aquella sí era su hornacina. Y, sin embargo, allí no había nada: ni saco de arpillera, ni cuidadas pastillas de perfecto jabón estival. Auri notó que se le helaban las entrañas, pese a hallarse en aquel entorno rojo y radiante. ¿Acaso había alguien en la Subrealidad? ¿Estaba cambiando alguien las cosas de sitio? ¿Arrugando la lisura lograda tras largos y duros años de trabajo?

Buscó por todas partes, llorosa y acongojada, escudriñando los rincones y alumbrando la oscuridad con su lámpara.

A unos escasos tres metros encontró el saco de arpillera hecho trizas. Bajo el perfume de su dulce jabón de cínaro había un olor a almizcle y orín. Y había un mechón de pelo en un ladrillo que sobresalía; por lo visto, algún pequeño animal, al trepar, se había frotado allí demasiado fuerte.

Auri se quedó quieta un momento, pringosa y con el pelo enredado. Al principio su carita reflejaba perplejidad bajo aquella luz amarilla y parpadeante. Pero entonces sus labios dibujaron una mueca de rabia. Su mirada se endureció. Algo se había comido todo su jabón, su perfecto jabón.

Estiró un brazo y cogió el mechón de pelo. El movimiento fue tan tenso y lleno de ira que Auri temió partir el mundo por la mitad. Ocho pastillas. El jabón para todo el invierno. Algo se había comido todo el perfecto jabón que ella misma había fabricado. Se había atrevido a entrar allí, en el lugar correcto para el jabón, y se lo había comido todo.

Dio un pisotón. Deseó que aquella cosa glotona tuviera diarrea durante una semana. Deseó que se cagara de arriba abajo y de abajo arriba, y que luego se cayera por una grieta y perdiera su nombre y se muriese sola y vacía y hueca en la oscuridad furiosa.

Tiró el mechón de pelo al suelo. Intentó peinarse con los dedos, pero se le enganchaban en los enredos. Su dura mirada se llenó de lágrimas un instante, pero parpadeó rápidamente para contenerlas.

Acalorada de estar en Obrador, y sudando de rabia y de lo incorrecto que era todo aquello, Auri se dio la vuelta y se marchó indignada, pisando fuerte con los pies descalzos por el suelo de piedra.

Regresó a Manto por el camino más corto. Sucia y pringosa, se sumergió en la balsa del fondo del Doce Plateado y se sintió un poco mejor. No fue un baño con todas las de la ley, sino solo un enjuague. Un remojón. Y frío. Pero era mejor que nada, a duras penas. La luna se asomaba débilmente por la rejilla de arriba, pero era amable y distante, así que a Auri no le importó.

Salió del agua, se sacudió y se frotó la piel mojada con las manos. Ni se planteó volver a Obrador para secarse. Ese día no. Oteó la luna, que escudriñaba por la rejilla, y cuando acababa de empezar a escurrirse el pelo, lo oyó. Un levísimo chapoteo. Un levísimo gemido. Un sonido que denotaba aflicción.

Buscó alrededor, presa del pánico. A veces, algo se perdía y encontraba el camino hasta el fondo del Doce y se caía en la balsa al ir a beber.

No tardó mucho en encontrarlo, pero fueron momentos angustiosos. Su maldita lámpara anímica parecía proyectar más sombras que luz. Y llegaban ecos de todas partes, que esparcían las tuberías y el agua del Doce Plateado, de modo que los oídos no servían prácticamente para nada.

Al final la encontró: una cosa muy pequeña que maullaba y chapoteaba débilmente. Era casi una cría, apenas lo bastante desarrollada para valerse por sí misma. Auri se sujetó a un asidero colgante y se inclinó cuanto pudo por encima del agua, levantando una pierna para mantener el equilibrio y con un brazo por encima de la cabeza. Se estiró como una bailarina. Su mano describió un arco delicado y se metió en el agua, y suavemente sacó a aquella cosita sucia y empapada...

Y le mordió. Le clavó los dientes en la parte carnosa entre el dedo índice y el pulgar.

Auri pestañeó y se impulsó de nuevo hacia el borde, sujetando con cuidado al pequeño canalla en la mano ahuecada. El bicho forcejeaba, y Auri se vio obligada a sujetarlo con más fuerza de la que le habría gustado emplear. Si volvía a caerse a la balsa, podía abrir la boca y ahogarse antes de que ella lo encontrara y lo rescatase.

Una vez que volvió a tener ambos pies sobre la piedra, Auri acercó las manos al pecho para retener al pequeño canalla. Como ya no tenía ninguna mano libre para sujetar la lámpara, tuvo que confiar en la luz de la luna para corretear por Ferrovía Vieja. El animalillo se retorcía y le arañaba el pecho, luchando por liberarse, y la mordió por segunda vez en la yema del meñique.

Pero para entonces Auri había llegado a la rejilla más cercana. Levantó una mano y empujó a aquella pobre cosita afuera. Fuera de la Subrealidad y de vuelta al lugar que le correspondía, donde estaban de noche las madres, los cubos y los adoquines.

Auri volvió al fondo del Doce Plateado y metió la dolorida mano en la balsa. Le dolía mucho; pero, sinceramente, lo que más le dolía eran los sentimientos. Hacía un montón de años que nadie era tan grosero con ella.

Se pasó el vestido por la cabeza; su nombre colgaba, oscuro y pesado, en su pecho. Ese día no le quedaba del todo bien. Daba la impresión de que bajo aquella luz amarilla todo la miraba con lascivia. Llevaba un pelo espantoso.

Auri regresó a Manto por el camino más largo para evitar Caraván, pues así no tendría que verse en el espejo. Entró en Puerto y vio que casi todo estaba mal. Claro. Era uno de esos días.

Puso la lámpara encima de la mesa con un golpe más fuerte de lo necesario, y provocó que la llama diera un brinco. Entonces hizo cuanto pudo para volver a ponerlo todo donde debía estar. ¿El tarro de las bayas de acebo junto a los secretos plegados del libro en octavo, todo sin cortar? No: solo, en un extremo del segundo anaquel. La resina quería su propio espacio. El tarro lleno de frutos de laurel de color azul oscuro volvió a la mesa del rincón. La estatuilla de piedra en lo alto del botellero, como si fuera mucho mejor que los demás.

Lo único que seguía en su sitio era su trozo de panal perfecto y recién ganado. Estuvo a punto de darle un mordisco con la única intención de animarse un poco. Quizá tuviera que hacerlo, por egoísta que fuese. Sin embargo, en el estado de desaliño en que se encontraba, no soportaba la idea de tocarlo.

Cuando hubo ordenado las cosas lo mejor que pudo, Auri cogió la lámpara y se dirigió a Manto. Su arcón de cedro estaba ligeramente desordenado, y había algunas cerillas rotas esparcidas por el suelo; pero ambas cosas las solucionó rápidamente. El engranaje de latón estaba bien. Su hoja perfecta. Su caja de piedra. Su anillo de oro otoñal. Su tarro de cristal gris lleno de lavanda. Todo correcto. Sintió que se relajaba un poco.

Entonces vio su manta. La manta perfecta que ella misma había confeccionado con absoluta corrección. Se había torcido, y una esquina tocaba el suelo.

Auri se quedó un momento donde estaba. Creyó que se echaría a llorar, pero cuando buscó a tientas en su interior, comprobó que no le quedaba llanto. Estaba llena de cristales rotos y rebabas. Estaba cansada y disgustada con todo. Y le dolía la mano.

Pero como no le quedaba llanto, recogió su manta y la llevó a Trapo. Buscó una tubería de latón limpia y la colgó de ella como si fuera una cortina, en medio del túnel, para que el viento incesante la acariciara al pasar. Auri se quedó contemplándola mientras se mecía suavemente adelante y atrás. Se inflaba y se desinflaba como una vela, pero nada más.

Auri frunció el ceño y fue a bajar la manta de la tubería, pero no lo hizo con cuidado, y un soplo de viento le apagó la lámpara. Para volver a encenderla tuvo que gastar otra valiosa cerilla.

Cuando Trapo volvió a quedar inundado de luz parpadeante, Auri bajó la manta, le dio la vuelta y la colgó de nuevo de la tubería. Pero no. No apreció ni la más mínima diferencia colgándola de un lado o del otro.

Entonces subió a Ferrovía Vieja y buscó la rejilla que más amaba a la luna. Su pálida luz descendía con la levedad de los copos de nieve, como una lanza de plata. Auri extendió la manta para que atrapara la luna y se bañara en ella.

No sirvió de nada.

Recogió la manta y se la llevó por todo Nonigano. Se la llevó a lo alto de Corrientes, la lanzó desde allí y la vio precipitarse por el laberinto de cables hasta que se enganchó en uno cerca del fondo y quedó prendida allí, ondulando suavemente. Se la llevó otra vez a Manto y envolvió con ella el horrible, mortificante y testarudo engranaje de latón que estaba allí posado, refocilándose bajo la luz parpadeante.

Nada de lo que hizo produjo resultado alguno.

Como ya no se le ocurría ningún otro sitio que pudiera ayudar a remediar la ofensa, se llevó la manta a Galeras, a su nueva sala de estar perfecta. La colgó del respaldo del sofá. La dobló y la puso en la butaca.

Por último, ya francamente desesperada, Auri apretó las mandíbulas y extendió su manta en el suelo, sobre la suntuosa alfombra roja del centro de la habitación. La alisó con las manos, cuidando de que no tocara la piedra del suelo. El contorno de la manta coincidía casi a la perfección con el de la alfombra, y hubo un instante en que Auri sintió surgir en su interior la esperanza de que...

Pero no. Aquello no sirvió para arreglar las cosas. Y entonces lo comprendió. En realidad ya lo sabía: nada conseguiría recuperar la manta.

Enfurruñada, Auri recogió bruscamente la manta desagradecida, la dobló de cualquier manera y subió por la escalera sin nombre. Se sentía plana y rasguñada como un cuero viejo. Seca como una hoja de papel escrita por las dos caras. Ni siquiera las guasas traviesas de la nueva escalera de piedra consiguieron despertar en ella una pizca de alegría.

Trepó por los escombros y entró en Tumbrel por la brecha de la pared. La habitación parecía diferente bajo la luz amarilla y parpadeante. Llena de temor y decepción.

Y cuando pasó la vista por el tocador, lo vio diferente. Ya no lo encontró chabacano. Bajo aquella luz inconstante, vio que tenía algo siniestro, y vislumbró qué era lo que le impedía ser auténtico. Percibió los gastados bordes de su desorden.

Pero greñuda y pringosa como estaba, sin asear y hueca, no estaba en las condiciones idóneas para arreglar nada. No estaba de humor para atender a aquella cosa desagradecida.

Así que se arrodilló ante el ropero y puso la lámpara anímica a su lado. Con las rodillas frías por el contacto con el suelo de piedra, abrió el cajón y miró las suaves sábanas dobladas que había dentro.

Auri cerró los ojos. Inspiró larga y profundamente y volvió a soltar el aire.

Sin abrir los ojos, metió con brusquedad la manta en el cajón. Luego posó una mano sobre la sábana de encima del montón. Sí, aquello estaba bien. Incluso a ciegas, percibía su dulzura. Sus dedos se deslizaron por la superficie suave...

Oyó un ruidito, una especie de chisporroteo, y percibió un olor a pelo quemado.

Dio un respingo y, a cuatro patas, retrocedió precipitadamente alejándose de la llama amarilla, que chispeaba con intensidad. Se recogió el pelo y comprobó que solo se le habían quemado unos mechones sueltos, lo que no la consoló mucho. Fue hasta el ropero con paso firme, sacó la manta del cajón y lo cerró de golpe, demasiado enojada para plantearse siquiera ser debidamente educada.

Al meterse por el hueco de la pared, se dio en los dedos del pie, fuerte, contra un saliente de piedra. No soltó la lámpara, pero estuvo a punto. Se limitó a llorar de dolor y tambalearse para recobrar el equilibrio.

Se sentó en el suelo y se agarró el pie. Entonces reparó en que había soltado la manta y esta había caído sobre la piedra desnuda, a su lado. Apretó tanto los dientes que temió que se le rompieran.

Al cabo de largo rato recogió sus cosas, regresó a Puerto caminando con dificultad y, furiosa, metió la manta en el botellero. Porque allí era donde ahora le correspondía estar. Porque así era como debía ser.

Auri pasó mucho tiempo sentada en su silla de pensar, con la vista clavada en el engranaje de latón. Bajo la luz amarillenta, adquiría un resplandor cálido y meloso; aun así, Auri lo miraba con rabia. Como si él tuviera la culpa. Como si él lo estropeara todo.

Al final se le pasó el enfurruñamiento. Al final se tranquilizó lo suficiente para comprender lo que había pasado.

No podías nadar contra la corriente ni cambiar la dirección del viento. ¿Y si había tormenta? Pues tenías que atrancar las escotillas y achicar, y no soltar las jarcias. ¿Cómo iba a ayudar sin estropearlo todo, dado el estado en que se encontraba?

Se había alejado de la verdadera naturaleza de las cosas. Primero te arreglas tú. Luego, tu casa. Luego, tu rincón del cielo. Y después...

En realidad, no sabía muy bien qué pasaba después. Pero confiaba en que, después de eso, el mundo empezara a ocuparse un poco de sí mismo, como un reloj de engranajes bien ajustado y engrasado. Era en eso en lo que confiaba. Porque sinceramente, había días en que se sentía en carne viva. Estaba harta de ser tan única. La única que se ocupaba de que el mundo girara debidamente.

Sin embargo, tenía que escoger entre enfurruñarse y actuar, de modo que se levantó y se enjugó las manos, la cara y los pies.

No se lavó como es debido, desde luego, porque no tenía jabón, y por lo tanto no se sintió mejor en absoluto, pero ¿qué
otra cosa podía hacer?

Se acercó la lámpara a los labios y, de un soplo, apagó la
llama amarilla. La oscuridad inundó la habitación, y Auri se
metió en su cama estrecha y desnuda.

Auri pasó largo rato tumbada a oscuras. Estaba cansada, desa-
rreglada, hambrienta y hueca. Tenía la cabeza y el corazón can-
sados. Y, aun así, el sueño no venía.

Al principio creyó que era la tristeza. O el frío que le irritaba
los ojos y le impedía relajarse. Quizá fuera el dolor sordo de la
mano en la que había recibido dos mordiscos...

Pero no. Eso era, ni más ni menos, lo que se merecía. No era
suficiente para mantenerla despierta por la noche. Había aprendido a dormir con cosas mucho peores que aquello. En el pasado, antes de que llegara él. Antes de que ella tuviera su nuevo
nombre, dulce y perfecto.

No. Sabía dónde estaba el problema. Bajó de la cama y sacó
una de las pocas cerillas que le quedaban. La cerilla se encendió
al primer intento, y Auri sonrió, blanca bajo la luz rojiza de su
llama sulfúrea.

Encendió la lámpara anímica y se la llevó a Puerto. Arrepen-
tida, sacó su manta del botellero donde la había metido de
cualquier manera. La alisó con suavidad sobre la mesa mientras murmuraba una disculpa. Lo lamentaba sinceramente.
Sabía muy bien que la crueldad no ayudaba a hacer girar el
mundo.

Entonces dobló la manta con cuidado, moviendo las manos
con suavidad. Hizo coincidir las esquinas y la dobló pulcramente. Luego le buscó el lugar adecuado en el estante para libros, y le acercó el guijarro liso y gris para que no echara en

falta un poco de compañía. Por la noche haría frío, y Auri la echaría de menos, pero la manta estaba feliz allí. ¿Acaso no merecía ser feliz? ¿Acaso no merecía todo tener su lugar adecuado?

No obstante, Auri lloró un poco cuando dejó la manta allí, en su estante.

Regresó a Manto y se sentó en la cama. Luego volvió a Puerto para asegurarse de que su llanto no había torcido las cosas. Pero no. Acarició la manta con las manos, y se tranquilizó. Estaba como debía estar. Estaba contenta.

De vuelta en Manto, Auri recorrió la habitación desnuda y se aseguró de que todo estuviera donde debía. Su silla de pensar estaba bien. Su arcón de cedro estaba bien recogido contra la pared. El plato de Foxen y el cuentagotas reposaban en el estante junto a la cama. El engranaje descansaba en su hornacina, ajeno a todo.

La chimenea estaba vacía, limpia y pulida. En la mesilla de noche se encontraba su tacita de plata. Sobre la chimenea, en la repisa, descansaba su hoja amarilla y perfecta. Su fuerte cajita de piedra. El tarro de cristal gris donde guardaba las aromáticas flores de lavanda secas. Su anillo de oro otoñal, dulce y cálido.

Auri fue tocándolo todo, asegurándose de cada cosa. Eran lo que tenían que ser y nada más. Todo estaba la mar de bien.

A pesar de eso, sentía cierta inquietud. Allí, en su lugar más perfecto.

Bajó corriendo a Banca, de donde cogió una escoba; regresó a Manto y se puso a barrer el suelo.

Le llevó una hora. No porque pasara nada, sino porque Auri barría despacio y con esmero. Además, había mucho suelo. No solía pensarlo, porque Manto ya no necesitaba muchos cuidados, pero era muy grande.

Aquel sitio era suyo, y el sitio la amaba, y ella encajaba allí como un guisante en su vaina perfecta. Pero aun así, había una gran extensión de suelo vacío.

Una vez barrido el suelo, Auri devolvió la escoba a su sitio. Por el camino de regreso, pasó por Puerto para ver qué hacía la manta. Le pareció que estaba bien, pero le acercó el tarro de bayas de acebo para que le hiciera compañía también, por si acaso. Sentirse solo era terrible.

Volvió a Manto y puso la lámpara anímica encima de la mesa. Se sacó las tres cerillas que le quedaban del bolsillo y también las puso encima de la mesa.

Cuando se sentó en el borde de la cama, se dio cuenta de qué era lo que estaba fuera de lugar. Era ella la que estaba desordenada. Había visto algo en Tumbrel y no se había ocupado de ello. Auri pensó en el tocador de los tres espejos, y un cosquilleo de culpabilidad recorrió el contorno de su corazón.

Pero... estaba rendida. Cansada y dolida. Quizá solo por esta vez...

Frunció el ceño y sacudió enérgicamente la cabeza. A veces era muy mala. Estaba llena de necesidad. Como si la forma del mundo dependiera de su estado de ánimo. Como si ella tuviera alguna importancia.

Así que se levantó y, lentamente, volvió a Tumbrel. Bajó por Derrumbal. Recorrió Galeras. Pasó por Redondel, perfectamente circular, y llegó a lo alto de la escalera sin nombre.

Tras atravesar la pared semiderruida, Auri fijó la vista en el tocador bajo la luz parpadeante. Mientras lo inspeccionaba, notó que el corazón se le aligeraba un poco en el pecho. La luz se reflejaba en los tres espejos y proyectaba un sinfín de sombras saltarinas sobre las botellas colocadas allí encima.

Se acercó para examinarlo bien. Sin la cambiante luz amarilla, nunca habría podido ver aquello debidamente. Se desplazó primero hacia la izquierda y luego hacia la derecha, y observó las cosas desde ambos lados. Inclinó la cabeza. Se arrodilló para que sus ojos quedaran al mismo nivel que la superficie del tocador. De pronto, una sonrisa radiante le iluminó la cara.

Se levantó y se sentó en el borde de la silla que había enfrente del tocador. Intentó no mirarse en los espejos, pues sabía qué aspecto debía de ofrecer: sucia, con greñas y con los ojos enrojecidos. Demasiado flaca. Demasiado pálida. Estaba lejos de ser una dama. Abrió los dos cajones y escrutó su contenido unos instantes, dejando que la luz amarilla y las sombras se pasearan por su interior.

Al cabo de unos minutos, Auri asintió con la cabeza. Sacó el par de guantes del cajón de la derecha y los puso cerca del espejo, junto a un tarro de carmín. A continuación sacó del todo el cajón de la derecha y lo cambió por su compañero de la izquierda. Se quedó un buen rato allí sentada, intercambiando una y otra vez los cajones con gesto de intensa concentración.

La mesa del tocador era un batiburrillo de botellas y adornillos. A pesar de eso, casi todo estaba tal como debía estar. La única excepción eran el cepillo del pelo, que Auri guardó en el cajón de la izquierda con los pañuelos, y el pequeño broche de oro con dos pájaros volando, que escondió debajo de un abanico plegado.

Después, lo único que quedaba fuera de lugar era un delicado frasco azul con tapón de plata de rosca. Como muchas otras botellas, estaba tumbado. Auri lo enderezó, pero no quedó contenta. Lo guardó en un cajón, pero ese tampoco era su sitio.

Lo cogió y escuchó el líquido que tintineaba en su interior. Pasó la vista por la habitación, indecisa. Volvió a abrir los cajones del tocador, y luego volvió a cerrarlos. No parecía que hubiera ningún sitio indicado para aquel frasco.

Lo agitó distraídamente y le dio unos golpecitos con la uña. El cristal azul claro era delicado como la cáscara de huevo, pero mate. Lo limpió bien, con la esperanza de que se mostrara un poco más comunicativo.

Una vez limpio, el frasco brilló como el corazón de algún olvidado dios glacial. Lo hizo girar en las manos y descubrió unas letras diminutas grabadas en la parte inferior. Rezaban: «Para mi intoxicante Éster».

Auri se tapó la boca con una mano, pero aun así se le escapó una risita. Moviéndose despacio, con gesto de incredulidad, desenroscó el tapón y olisqueó su contenido. Entonces rió abiertamente, a carcajadas. Reía tan fuerte que le costó trabajo volver a enroscar el tapón. Todavía estaba riéndose al cabo de un minuto, mientras se guardaba el frasco en lo más hondo de su bolsillo.

Todavía sonreía cuando, con cuidado, bajó por la escalera sin nombre y lo puso en el estante para libros de Puerto. El frasco prefería el estante para libros, y eso era bueno por partida doble, porque allí les haría compañía al tarro de bayas de acebo y a la manta.

Todavía sonreía cuando se metió en su perfecta camita. Sí, hacía frío y estaba sola, pero eso no tenía remedio. Y Auri sabía mejor que nadie que valía la pena hacer las cosas correctamente.

Ceniza y brasa

Cuando Auri despertó el quinto día, Foxen ya estaba de mejor humor.

Menos mal, porque ella tenía mucho trabajo.

Tumbada a oscuras, se preguntó qué le depararía el día. Había días orgullosos como el sonido de una trompeta. Como los truenos, traían presagios. Otros eran corteses, educados como una tarjeta con un mensaje presentada sobre una bandeja de plata.

Pero algunos días eran tímidos. No se ponían un nombre. Esperaban a que una niña atenta los encontrara.

Y aquel era uno de esos días. Un día demasiado tímido para llamar a la puerta de Auri. ¿Era un día de llamadas? ¿Un día de envíos? ¿Un día de elaboraciones? ¿Un día de arreglos?

No lo sabía. En cuanto Foxen resplandeció lo suficiente, fue a Repique a buscar agua fresca para la vasija. Se la llevó a Manto, y allí se enjuagó la cara, las manos y los pies.

No tenía jabón, pero eso era lo primero que pensaba arreglar ese día. Auri no era tan vanidosa como para hacer que su voluntad obrara contra el mundo. Pero podía utilizar lo que el mundo le había ofrecido. Al menos, para obtener jabón. Eso estaba permitido. Estaba autorizada a ello.

Primero encendió la lámpara anímica. Equilibrada por la dulce luz azul celeste de Foxen, la llama amarilla ayudó a calentar la habitación, sin llenarla de sombras frenéticas que arañaban las paredes con sus saltos y sus sacudidas.

Auri abrió el tiro y encendió un fuego muy cuidado con la maraña de madera que acababa de encontrar. Tan bonita y tan seca. De fresno, olmo y eficiente espino. Enseguida prendió y empezó a chisporrotear.

Lo contempló un instante, y luego se dio la vuelta. Estaría ardiendo un rato. Era tal como solía decir el maestro Mandrag: nueve décimas partes de la química eran espera.

Pero Auri tenía trabajo de sobra para llenar su tiempo. Primero se aventuró a bajar a Guardamangel. Allí cogió el pequeño cazo de cobre y su taza de cerámica rajada. Se metió en el bolsillo el saco de hilo, vacío. Contempló la mantequilla de la pila, pero arrugó la frente y sacudió la cabeza; sabía que los cuchillos que contenía podían acarrearle problemas.

Por tanto, cogió el duro mazacote de sebo; lo olfateó, curiosa, y sonrió. Luego recogió el pequeño trébede de hierro. Cogió su saquito de sal.

Cuando estaba a punto de marcharse, se detuvo un instante y se fijó en el cuenco de plata con las semillas de nuez moscada. Tan raras y exclusivas. Tan llenas de lejanía. Cogió una y pasó las yemas de los dedos por su piel con surcos. Se la acercó a la cara y aspiró hondo. Almizcle y cardo. Un olor a cortinas de burdel, profundo y rojo y lleno de misterios.

Todavía indecisa, Auri cerró los ojos y agachó la cabeza. La punta rosada de su lengua asomó tímidamente para tocar aquel extraño fruto marrón. Se quedó muy quieta, completamente inmóvil. Entonces, con los ojos cerrados, deslizó la parte lisa por sus labios con suavidad. Fue un movimiento tierno y atento. No se pareció en nada a un beso.

Al cabo de un largo momento, los labios de Auri se estiraron para componer una sonrisa abierta y radiante. Sus ojos se encendieron como lámparas. ¡Sí! ¡Sí, sí! Era justo aquello.

El cuenco de plata con hojas grabadas pesaba mucho, de modo que Auri hizo un viaje solo para él y lo llevó sujetándolo con las dos manos hasta Manto. A continuación, cogió el gran mortero de piedra que estaba escondido en Casa Oscura. Fue a Retintín y se llevó de allí dos botellas. Rebuscó por el suelo de Centenas hasta dar con unas agujas de pino secas que estaban esparcidas. También se las llevó a Manto, y las puso en el fondo de la taza de cerámica rajada.

Para entonces, el fuego había quedado reducido a cenizas. Auri las barrió. Las puso en la taza de cerámica rajada y las apretó bien.

Fue a enjuagarse las manos manchadas de hollín. Se enjuagó la cara y los pies.

Preparó otro fuego y lo encendió. Puso el sebo en el cazo. Colgó el cazo junto al fuego para derretir el sebo. Añadió sal. Sonrió.

Volvió a bajar a Guardamangel y subió las bellotas que había recogido y una cazuela ancha y plana. Peló las bellotas y las tostó, haciéndolas brincar y corretear por la cazuela. Les espolvoreó sal y se las comió una a una. Algunas eran amargas; otras, dulces. Algunas no eran prácticamente nada. Así es como son las cosas.

Después de comérselas todas, miró el sebo y vio que no se había terminado. Ni siquiera la mitad. Así que, una a una, partió las semillas de nuez moscada. Las molió en el viejo mortero de piedra. Las molió hasta dejarlas reducidas a polvo y vertió el polvo en un tarro. Partir y moler. Partir y moler. El mortero era un objeto serio, lacónico y adusto. Sin embargo, dado que Auri llevaba dos días sin lavarse correctamente, encajaba a la perfección con su estado de ánimo.

Cuando hubo terminado de moler, Auri apartó el cazo de

cobre del fuego. Removió. Pasó la masa por el tamiz hasta que solo quedó sebo caliente y picante. Puso a enfriar el cazo de cobre. Fue a buscar agua fresca a la tubería de cobre indicada de Recolecta. Llenó la lámpara anímica de un reluciente grifo de acero pulcramente guardado en Banca.

Cuando regresó, el fuego había vuelto a apagarse. Recogió las cenizas y las metió bien apretadas en la taza de cerámica rajada.

Se enjuagó las manos manchadas de hollín. Se enjuagó la cara y los pies.

Entonces encendió el fuego por tercera y última vez y fue a Puerto a inspeccionar sus anaqueles. Cogió el frasco de ésteres y lo puso cerca de la chimenea junto con sus utensilios. Cogió el paño de las bayas de acebo.

A continuación llevó el tarro de los frutos de laurel azul oscuro. Pero menuda desilusión, no encajaba. Por más que lo intentó, el tarro de frutos de laurel no dejaba que lo pusiera con sus otros utensilios. Ni siquiera cuando Auri le ofreció la repisa de la chimenea.

Se sintió injustamente irritada. Los frutos de laurel habrían sido ideales. Había pensado en ellos nada más despertar y acordarse del jabón. Habrían encajado como una mano con otra. Tenía pensado mezclarlos...

Pero no. No había sitio para el tarro de los frutos de laurel. Estaba más claro que el agua. No había manera de hacer entrar en razón a aquella cosa tan testaruda.

La exasperaba, pero sabía que no era bueno obligar al mundo a ceder a sus deseos. Su nombre era como el eco de un dolor en su interior. Tal como estaba, sin lavar y con el pelo enmarañado, eso habría sido pura insensatez. Dio un suspiro y volvió a dejar el tarro de frutos azul oscuro en su anaquel de Puerto, y allí se quedó, egocéntrico y satisfecho.

Entonces Auri se sentó en las baldosas lisas y cálidas de

Manto, ante la chimenea, con sus improvisadas herramientas esparcidas alrededor.

Las cenizas que había puesto en la taza de cerámica rajada eran tal como debían ser, finas y suaves. Las de roble habrían sido demasiado obstinadas. Las de abedul habrían sido amargas. Aquella combinación, en cambio, era perfecta. Fresno, olmo y espino: juntos, pero no revueltos. El fresno era orgulloso, pero no indecoroso. El olmo era distinguido, pero no inapropiadamente apétalo, sobre todo tratándose de ella.

Y el espino... Auri se sonrojó un poco. Basta con decir que, apétala o no, Auri todavía era una joven lozana, y que el exceso de decoro existía.

A continuación sacó el frasco de ésteres. Eran terriblemente tímidos, llenos de momentos robados y olor a flor de selas. Perfectos. Un poco de robo era justo lo que Auri necesitaba allí.

La nuez moscada era exótica, y un poco extraña. Sin embargo, estaba rebosante de espuma de mar. Un complemento adorable. Esencial. Era una clave y, al mismo tiempo, un misterio. Pero eso a Auri no le parecía especialmente problemático. Ella comprendía que algunos secretos debían ser guardados.

Escudriñó el cazo que había puesto a enfriar y vio que el sebo empezaba a espesarse. Abrazaba el borde del cazo componiendo un fino creciente de luna. Auri sonrió. Claro. Lo había encontrado bajo la luna. Seguiría a la luna, que estaba creciente.

Pero cuando Auri se fijó bien, la sonrisa se le borró de los labios. El sebo estaba limpio y tenía fuerza, pero ya no había manzanas en él. Ahora rebosaba de vejez y rabia. Era una tempestad de furia.

Eso no podía ser, de ninguna manera. Auri no podía lavarse con rabia día tras día. Y sin laurel para mantenerla a raya... Bueno, iba a tener que sacar la rabia de allí. Si no, su jabón se echaría a perder.

Volvió a Puerto y miró alrededor. Se trataba de una decisión bastante sencilla. Levantó el panal y le dio un solo mordisco. Cerró los ojos y sintió que su dulzor le ponía la piel de gallina. No pudo evitar una risita mientras se relamía, un poco mareada, incluso, por efecto de aquel producto de las abejas.

Tras haber succionado toda la dulzura del panal, Auri escupió delicadamente el pedacito de cera de abeja en la palma de la mano. Luego lo amasó hasta conseguir una bolita blanda y redonda.

Cogió el cazo del sebo y se dirigió a Umbra. Allí la luna era maternal, y se asomaba, bondadosa, por la rejilla. Su luz, suave, lanzaba haces sesgados que besaban el suelo de piedra de la Subrealidad. Auri se sentó junto al círculo de luz plateada y, con cuidado, puso el cazo en el centro.

El sebo, al enfriarse, había formado un fino aro blanco alrededor del interior del cazo de cobre. Auri asintió, satisfecha. Tres círculos: perfecto para preguntar. Era mejor ser amable y educado. Si imponías tu voluntad al mundo, demostrabas un egoísmo atroz.

Ató la bolita de cera de abeja con un hilo y la sumergió en el centro de sebo, quieto y caliente. Y al cabo de unos momentos, se relajó al ver que funcionaba a las mil maravillas. Sintió que la rabia se espesaba y se aglomeraba alrededor de la cera, y que acudía a ella como un oso atraído por la miel.

Para cuando el círculo de luz de luna se hubo alejado del cazo de cobre, el sebo había absorbido hasta el último resto de ira. Un trabajo tan bien acabado como el mejor realizado jamás por la mano del hombre.

Entonces Auri se llevó el cazo a Guardamangel y lo puso en las aguas inquietas de la fría pila. Rápido como un grillo, el sebo se enfrió y formó un disco blanco y plano de dos dedos de grosor.

Con cuidado, Auri sacó del cazo el disco de sebo y vertió por el desagüe el agua dorada que se había acumulado debajo; se fijó, de pasada, en que contenía un atisbo de sueño, además de todas las manzanas. Eso era una pena, pero no tenía remedio. A veces, las cosas eran así.

La bolita de cera estaba furiosa. Una vez liberada la rabia, Auri comprobó que era mucho más violenta de lo que ella creía. Era una ira atronadora, llena de muerte prematura. Era la furia de una madre por unos cachorros que ahora se habían quedado solos.

Auri se alegró de que la bolita colgara ya de un hilo. Le habría fastidiado mucho tener que tocarla con las manos.

Lenta y silenciosamente, Auri guardó la bolita en un tarro de cristal grueso y lo cerró bien con la tapa. Se llevó el tarro a Recaudo. Lo llevó con mucho cuidado. Lo puso con mucho cuidado en una repisa de piedra alta. Detrás del cristal. Allí era donde estaría más seguro.

En Manto, el tercer y último fuego de Auri se había reducido a cenizas. Volvió a barrerlas. Con esas cenizas llenó la taza de cerámica rajada hasta el borde.

Se enjuagó las manos manchadas de hollín. Se enjuagó la cara y los pies.

Todo estaba listo. Auri sonrió y se sentó en el tibio suelo de piedra con todos sus utensilios esparcidos alrededor. Por fuera estaba muy circunspecta, pero por dentro brincaba de júbilo de pensar en su nuevo jabón.

Puso el cazo sobre el trébede de hierro. Debajo deslizó la lámpara anímica para que su llama caliente y brillante pudiera besar el fondo de cobre del cazo.

Primero estaba su disco perfecto de sebo blanco y limpio. Era fuerte, nítido y precioso como la luna. Una parte de su ser, una parte malvada e impaciente, deseaba hacer pedazos aquel disco para que se derritiera más deprisa. Así podría tener su jabón antes. Así podría lavarse y cepillarse el pelo y ponerse en orden por fin, después de tanto tiempo...

Pero no. Dejó cuidadosamente el sebo en el cazo, procurando no ofenderlo. Lo dejó en su círculo puro y perfecto. Con paciencia y corrección: esa era la manera elegante de hacer las cosas.

A continuación venían las cenizas. Puso la taza de cerámica rajada sobre un tarro chato de cristal y le echó por encima el agua limpia y transparente. El agua se filtró por las cenizas y cayó, gota a gota, por la raja del fondo de la taza, y adquirió el rojo humo de la sangre, el barro y la miel.

Cuando hubieron caído las últimas gotas, Auri levantó el tarro de agua de cenizas y vio que era la mejor que jamás había hecho. Era de un rojo crepuscular. Era majestuosa y elegante, y era cambiante. Pero debajo de todo eso, el líquido contenía un rubor indecente. Contenía todas las cosas correctas que había aportado la madera y, además, muchas mentiras cáusticas.

En ciertos aspectos, eso habría sido suficiente. El sebo y el agua de cenizas servirían para fabricar un jabón aceptable. Pero no tendría manzanas. Nada dulce ni bondadoso. Sería duro y frío como la tiza. Sería como bañarse con un ladrillo indiferente.

Así que, sí, hasta cierto punto aquellas dos cosas bastarían para fabricar jabón. Pero ¿no sería espantoso? ¿No sería terrible vivir rodeada de la descarnada y cruda vacuidad de las cosas que, sencillamente, bastaban para algo?

Sentada en el suelo liso y cálido de Manto, Auri se estremeció de pensar en moverse por un mundo como ese, completamente falto de alegría. Sin nada perfecto. Sin nada hermoso ni auténtico. ¡Oh, no! Ella sabía demasiado para vivir de esa forma. Auri miró alrededor y sonrió al contemplar tanto lujo. Tenía una hoja perfectamente adorable, y lavanda. Llevaba puesto su vestido favorito. Se llamaba Auri, y su nombre era un trozo de reluciente oro que llevaba siempre en su interior.

Así que desenroscó el tapón de plata del frasco de color azul hielo y vertió el perfume sobre la nuez moscada en polvo. El olor a flor de selas invadió la habitación, tan dulce y ligero en contraste con el aroma picante de la nuez moscada.

Auri sonrió y mezcló las dos cosas con un palo de las encendajas, y a continuación vertió aquella masa espesa, húmeda y pulposa en el saco de hilo que había colocado dentro del tarro de boca ancha. Con dos palos, retorció los extremos del saco, y su rodillo improvisado escurrió la tela hasta que rezumó un líquido aceitoso, espeso y oscuro que fue cayendo en el fondo del tarro. No fue más que un goteo lento y escaso. Una cucharada de líquido. Dos cucharadas. Tres.

Giraba los palos; apretaba los labios, concentrada. La tela iba retorciéndose cada vez más, obligando a las gotas, una a una, a juntarse y caer.

Auri no pudo evitarlo y lamentó no tener una prensa de verdad. De la otra forma, era un despilfarro. Apretó los palos, desplazó un poco las manos y volvió a darles medio giro. Apretaba los dientes, y se le pusieron los nudillos blancos. Otra gota. Tres más. Diez.

Empezaron a temblarle los brazos, y no pudo evitar lanzar una ojeada a la puerta forrada de hierro que conducía a Recaudo.

Desvió la mirada. Era mala, pero no tanto. Los pensamientos frívolos no eran más que fantasías. No tenían nada que ver con dirigir el mundo hacia lo que ella deseaba.

Llegó un momento en que sus doloridos brazos no aguantaron más. Auri dio un suspiro, se relajó, soltó los palos y volcó el saco de hilo en una cazuela poco honda. Ya no era una masa oscura y pulposa, sino que el hollejo de nuez moscada ahora parecía pálido y desmenuzable.

Auri levantó el tarro de cristal y examinó aquel líquido viscoso, transparente como el ámbar. Era precioso, precioso, precioso. Jamás había visto nada parecido. Estaba repleto de secretos y espuma marina. Colmado de picante misterio. Lleno de almizcle, susurros y ácido mirístico.

Era tan bonito que a Auri le habría encantado tener más. En el tarro apenas había lo que cabe en la palma de una mano. Tendió la vista hacia la cazuela y se planteó escurrir el hollejo con las manos para recoger unas pocas y preciosas gotas más...

Pero estiró un brazo y se dio cuenta de que, curiosamente, le fastidiaba tocar aquella masa arenosa con las manos desnudas. Hizo una pausa y ladeó la cabeza para examinar más atentamente el hollejo desmenuzable y gris, y, cuando vio lo que allí había, se le hizo un nudo en el estómago.

Estaba repleto de gritos. Días enteros de gritos rojos, oscuros e interminables. Hasta ese momento, los misterios los habían encubierto, pero ahora el dulzor de la flor de selas los había robado, y Auri podía ver los gritos con toda claridad.

Levantó el tarro y escrutó la sustancia ambarina. Pero no. Estaba tal como la había visto antes. No había gritos ocultos allí, entre los misterios y el almizcle. Seguía siendo una cosa perfecta.

Auri inspiró hondo y entrecortadamente. Volvió a dejar el tarro y, con suavidad, puso el saco de hilo y los palos de retorcer dentro de la cazuela de peltre, junto a aquel hollejo espantoso. Los tocó lo menos que pudo, solo con las yemas de los dedos, como si estuvieran envenenados.

No lo quería cerca. Cuanto más lejos, mejor. Ya estaba advertida. Sabía qué pasaba con el rojo. Ya había tenido suficientes gritos.

Sudando ligeramente, Auri levantó la cazuela con las dos manos y se volvió hacia la puerta, pero se detuvo antes de dar un solo paso hacia el ordenado Puerto. No podía guardar aquello allí. ¿Quién sabía qué caos podría provocar? Los gritos no eran buenos vecinos.

Entonces se volvió hacia el pasillo. Dio un paso y se paró, pues no sabía adónde ir. ¿A Trapo, para que el viento transportara los gritos por toda la Subrealidad? ¿A Guardamangel, donde ardería como una brasa, tan cerca de sus cacharros y de sus valiosos guisantes?

Pero no. No, no.

Así que Auri se dio la vuelta por última vez. Esa vez se orientó hacia la tercera salida de Manto. Se volvió hacia la puerta forrada de hierro y llevó la bolsa de hilo a Recaudo.

Al regresar, Auri se enjuagó la cara. Se enjuagó las manos y los pies.

Dio un paso hacia el trébede y el cazo de cobre; entonces se detuvo, fue hasta su vasija y se enjuagó la cara. Se enjuagó las manos y los pies.

Lo que más deseaba era su jabón. Sentarse y terminar lo que había empezado. Ya faltaba muy poco. Pero, primero, fue un momento a Puerto para asegurarse de todo. Alisó la manta con ambas manos. Acarició el guijarro gris. Devolvió el tarro de bayas de acebo al sitio que le correspondía. Tocó el libro con tapas de piel y lo abrió para comprobar que las páginas seguían sin cortar. Sí: seguían unidas. Pero al volver la vista hacia el anaquel vio que el guijarro estaba completamente fuera de sitio. Intentó colocarlo bien, pero no veía su forma, ni sabía cuál era la naturaleza de las cosas, ni si aquel lugar era el correcto. Y lo mismo sucedía con la miel. Auri quería miel, pero no debía...

Se frotó los ojos. Luego se obligó a parar, bajó la cabeza y se miró las manos. Volvió apresuradamente a Manto. Se enjuagó la cara. Se enjuagó las manos y los pies.

Entonces notó que el pánico se apoderaba de ella. Lo sabía. Sabía lo rápido que podían romperse las cosas. Hacías todo lo que podías. Te ocupabas del mundo. Confiabas en estar a salvo. Pero aun así, ella lo sabía. Podía llegar aplastándolo todo, y no podías hacer nada. Y sí, sabía que ella no tenía razón. Sabía que todo estaba escorado. Sabía que su cabeza estaba desbaratada. Sabía que no era auténtica por dentro. Lo sabía.

Auri respiraba entrecortadamente. El corazón le martilleaba en el pecho. La luz era más intensa, y ella oía cosas que normalmente no oía. Un lamento de todo lo que estaba fuera de su sitio. Un aullido de todo lo que había dejado de ser auténtico...

Paseó la vista por la habitación, atemorizada y sudorosa. Se sentía enmarañada y sin fuerzas. Incluso allí. Veía rastros. En Manto todo era cáscara de huevo. Hasta su lugar más perfecto. Su cama casi había dejado de ser su cama. Su hoja perfecta se había vuelto muy frágil. Su caja de piedra estaba muy distante. Su lavanda no la ayudaba y palidecía...

Se miró las manos temblorosas. ¿Estaba ella, ahora, llena de gritos? ¿Otra vez? No. No, no. No era ella. No solo ella. Era todo. Absolutamente todo estaba fino y rasgado. Auri ni siquiera se tenía en pie. La luz, recortada, le raspaba como un cuchillo al rozar los dientes. Y debajo se encontraba la oscuridad hueca. Aquel todo vacío y sin nombre intentaba alcanzar con sus garras los deshilachados bordes de las paredes. Ni siquiera Foxen estaba normal. Las baldosas eran raras. El aire. Auri buscó su nombre y ni siquiera lo vio parpadear. Estaba completamente hueca. Todo estaba hueco. Todo era todo. Todo era todo lo demás. Incluso allí, en el lugar más perfecto. Auri necesitaba. Por favor, necesitaba, por favor...

Pero contra la pared vio el engranaje de latón, que no había cambiado ni un ápice. Estaba demasiado lleno de amor, y nada podía moverlo. Nada podía convertirlo en lo que no era. Cuando el mundo entero se convertía en un palimpsesto, él se convertía en un palíndromo perfecto. Seguía inviolado.

Estaba al fondo de la habitación. Tan lejos que Auri temió no llegar hasta él, sobre todo con las baldosas tan hostiles bajo sus pies. Sobre todo con lo hueca que estaba. Sin embargo, cuando se movió un poco, comprobó que no le costaba en absoluto. El suelo estaba en pendiente. El engranaje orgulloso y reluciente era tan auténtico que ejercía fuerza hacia abajo, contra el mundo fino, deshilachado y gastado, e influía en él.

Auri lo tocó. Pasó la mano por una de sus caras planas, tibia y suave al tacto. Y, sudorosa, jadeante y desesperada, apoyó la frente contra su frescor. Lo sujetó con las dos manos. Lo afilado de sus bordes en la palma de sus manos actuaba como un cuchillo tranquilizador. Al principio se aferró a él, como quien, tras un naufragio, se agarra a una roca de la costa. Pero a su alrededor el mundo seguía siendo una tempestad. Seguía en ruinas. Seguía desmoronado, pálido y dolorido. Así que, con los brazos temblándole, luchó contra él. Tiró con fuerza para girar el engranaje en su estrecha repisa de piedra. Lo hizo girar en el sentido contrario a las agujas del reloj. Como se gira para romper.

El engranaje fue inclinándose diente a diente. Auri lo hizo girar y entonces fue cuando se percató de su tremendo peso. Era un fulcro. Una piedra angular. Un pivote. Se movía, se inclinaba; pero en realidad solo parecía que girara; en realidad, no se movía. Permanecía como estaba. En realidad, lo que giraba era el resto del mundo.

Una última y onerosa inclinación más, y el espacio que había dejado el diente faltante quedó orientado justo hacia abajo. Y cuando los bordes del engranaje arañaron con fuerza la piedra, Auri sintió que el mundo entero se sacudía a su alrededor. Avanzaba un ápice. Encajaba. Se fijaba. Temblorosa, miró alrededor y vio que todo estaba correcto. Su cama volvía a ser su cama. Todo lo que había en Manto estaba bien. Nada era ninguna otra cosa. Nada era nada que no debiera ser.

Auri se dejó caer al suelo y se quedó allí sentada. Dio un grito ahogado de profundo y repentino alivio. Rió, cogió el engranaje y lo apretó contra su pecho. Lo besó. Cerró los ojos y lloró.

Todas de su gusto

Auri volvió a colocar a Fulcro en su estrecha repisa y le limpió las lágrimas que le había dejado en la tierna cara de latón. Entonces fue hasta el cazo y comprobó, satisfecha, que el sebo ya se había derretido por completo. Olía a caliente, a hogar, a tierra, a aliento. Auri se inclinó y apagó la llama amarilla de un soplido.

Luego fue donde estaba su vasija y se enjuagó la cara. Se enjuagó las manos y los pies.

Se sentó junto al cazo en el cálido suelo de piedra. Ya faltaba poco. Estaba cerca. Sonrió, y durante el tiempo que se tarda en respirar hondo, casi no le importó lo greñuda y sucia que se había quedado.

Removió el sebo con un palito. Respiró acompasadamente para serenarse. Cogió el tarro de agua de ceniza y la vertió despacio sobre el sebo. La mezcla se enturbió al instante, se volvió blanca con una pizca de rosa. Auri sonrió, orgullosa, y siguió removiendo y removiendo.

Cogió la sustancia ambarina, tan picajosa y con bondad de pétalo. La vertió también en el cazo, y toda la habitación se llenó de almizcle, misterio y oso. Siguió removiendo y pronto empezó a oler a flor de selas.

Con gesto de profunda concentración, Auri removió una

vez más. Y otra más. Notó que la mezcla se espesaba. Paró de remover y dejó el palito.

Respiró hondo. Fue a enjuagarse la cara, las manos y los pies. De dos en dos, recogió sus utensilios y los devolvió donde les correspondía. A Guardamangel, a Puerto, a Retintín llevó botellas, lámparas y ollas.

Cuando hubo terminado de hacer todo eso, Auri cogió el cazo de cobre, que ya se había enfriado, y lo llevó a Puerto. Inclinó el cazo, metió una mano dentro y sacó una lisa cúpula de dulce y blanco jabón.

Utilizó el borde de la bandeja fina como un pétalo de flor para cortar la cúpula de jabón. Fue cortando pastillas, todas de distinto tamaño y distinta forma. Todas diferentes, y todas de su gusto. Era una travesura deliciosa, pero dado que el jabón era suyo, aquel caprichito no podía causar ningún daño.

De vez en cuando, Auri se daba algún gusto. Eso la ayudaba a recordar que era absolutamente libre.

Mientras trabajaba, Auri se fijó en que el jabón no era realmente blanco. Era de un rosa palidísimo, del color de la nata fresca con una gotita de sangre. Auri levantó una pastilla y, moviéndose con sumo cuidado, se la acercó a la cara y la rozó con la punta de la lengua.

La perfección del jabón le dibujó una sonrisa en la cara. Era jabón de besar. Suave, pero firme. Misterioso, pero dulce. No había nada parecido en todo Temerant. No había bajo la tierra ni bajo el cielo nada que se le pudiera comparar.

No podía esperar ni un segundo más. Fue corriendo a su vasija. Se lavó la cara, las manos y los pies. Rió. Su risa era tan dulce, tan fuerte y tan prolongada que parecía una campana, un arpa, una canción.

Fue a Retintín. Se lavó. Se cepilló el pelo. Riendo y saltando.

Volvió corriendo a casa. Se metió en la cama y se quedó dormida, sola, con una sonrisa en los labios.

La forma elegante de actuar

El sexto día, Auri despertó y su nombre se desplegó como una flor en su corazón.

Foxen también lo sintió, y casi produjo un estallido de luz cuando ella lo avivó. Era un día de encerar. Un día para hacer cosas.

Eso hizo reír a Auri antes incluso de que se hubiera levantado de la cama. El día había llegado demasiado tarde, pero a ella no le importaba. Tenía el jabón más perfecto que había tenido jamás. Además, hacer las cosas a tu propio tiempo te confería dignidad.

Pero ese pensamiento la serenó un tanto. Él iría a visitarla, y eso no podía esperar. Pronto él estaría allí. Al día siguiente. Y Auri todavía no tenía nada bueno que compartir. Aún no había encontrado el regalo perfecto.

Había tres caminos para salir de Manto... Pero no.

Se lavó la cara, las manos y los pies. Se cepilló el pelo hasta que este formó una nube dorada. Bebió un poco y se puso su vestido favorito. No se entretuvo. Aquel iba a ser un día muy ajetreado.

Primero tenía que ocuparse de la disposición de su jabón, nuevo y perfecto. Había hecho siete pastillas. Una estaba a salvo en Manto, junto a su vasija. Una era con la que se había lavado el día anterior en Retintín. Las cuatro más grandes se las llevó a Obrador para que se curtieran. La más pequeña y dulce la guardó en el fondo de su arcón de cedro para no volver a quedarse sin nunca más. Había aprendido bien la lección, desde luego.

Se quedó quieta, con una mano dentro todavía del arcón de cedro. ¿Le gustaría a él una pastilla de jabón de besar? Era muy bonito. Seguro que nunca había visto nada parecido...

Pero no. Auri se sonrojó antes incluso de haber acabado de pensarlo. Habría sido muy indecoroso. Además, no era adecuado para él. Los misterios tal vez encajaran, pero él ya tenía mucho de roble. Y de sauce, y desde luego no era del tipo de la flor de selas.

Cerró la tapa de su arcón de dulce madera de cedro, pero al levantarse, notó que la habitación resplandecía y se inclinaba. Tambaleándose, dio dos pasos y se sentó en la cama para no caerse al suelo. Sintió surgir el miedo. ¿Estaba pasando? ¿Sería aquello...?

No. Aquello era algo más simple: volvía a tener el estómago vacío como un tambor. Se le había olvidado ocuparse de sí misma.

Así que cuando dejó de darle vueltas todo, se dirigió a Guardamangel. Pero se le antojó tener compañía, y se llevó al presuntuoso Fulcro. Él había visto muy poco de la Subrealidad. Y a pesar de que pesaba muchísimo, realmente era lo menos que ella podía hacer para agradecerle su ayuda.

Las ollas eran, prácticamente, los únicos frutos que podía ofrecerle Guardamangel. Pero solo prácticamente. Auri cogió un cazo de peltre y lo llenó de agua fresca. Encendió la lámpara anímica con la penúltima cerilla. Entonces se subió a la encimera y estiró los brazos para coger su tarro. Los guisantes secos rodaron en su interior, tintineando, juguetones, al chocar contra el cristal.

Abrió el cierre de brida y vertió los guisantes en la palma de su manita ahuecada hasta que la llenaron. Tenía las manos muy pequeñas; no había muchos guisantes. Pero eran la mitad de los que tenía. Los metió en el cazo, y los guisantes hicieron un ruidito al hundirse en el agua que se estaba calentando. Entonces, tras un momento de vacilación, Auri se encogió de hombros y vertió también la otra mitad en el cazo.

Dejó el tarro vacío en la encimera y miró alrededor. La luz parpadeante del quemador y el resplandor azul verdoso de Foxen revelaban la desnudez de los anaqueles. Auri suspiró y ahuyentó ese pensamiento. Ese día habría sopa. Al día siguiente iría él de visita. Y después...

Bueno, después lo haría lo mejor que pudiera. Era la única forma de hacerlo. No deseabas cosas para ti mismo. Eso te empequeñecía. Eso te mantenía a salvo. Eso significaba que podías moverte ágilmente por el mundo sin molestar a todos los carros de manzanas con que te cruzaras. Y si tenías cuidado, si formabas parte de las cosas correctamente, entonces podías ayudar. Arreglabas lo que se había roto. Prestabas atención a las cosas que encontrabas torcidas. Y confiabas en que el mundo, a cambio, te ofreciera la oportunidad de comer. Era la única forma elegante de actuar. Todo lo demás era orgullo y vanidad.

¿Y si al día siguiente compartía con él el panal? Era la cosa más dulce que podías imaginar. Y él tenía muy poca dulzura en la vida. Esa era la verdad.

Pensó en eso mientras las burbujas hacían danzar a sus guisantes por el cazo. Auri le acarició la descarada cara a Fulcro, distraída, y al cabo de largo rato reflexionando, decidió que sí, que el panal podía funcionar si no se presentaba nada más.

Removió un poco la sopa y añadió sal. Lamentó que la mantequilla estuviera llena de cuchillos. Un poco de grasa habría mejorado mucho aquella sopa. Un poco de grasa le habría venido de perlas.

Después de tomarse aquella sopa deliciosa, Auri regresó a Manto. Como iba con Fulcro, no podía pasar por Brincos ni por Venerante. De modo que tomó el camino más largo y pasó por Recolecta.

Con la tripa caliente y, además, con un invitado, se tomó su tiempo y recorrió los túneles de paredes de piedra rectas y bien encajadas. Cuando estaba llegando a Dudón, con el pesado Fulcro en brazos, percibió un débil crujido bajo los pies y se paró.

Miró hacia abajo y vio hojas esparcidas por el suelo. No tenía ningún sentido encontrar hojas allí. En Recolecta no soplaba viento. No corría agua. Miró alrededor, pero no vio ni rastro de excrementos de pájaro. Olfateó el aire, pero no oía ni a almizcle ni a orines.

Sin embargo, tampoco percibió ninguna amenaza. Nada formaba nudos por allí. No había nada torcido ni incorrecto. Pero tampoco era nada. Era media cosa. Un misterio.

Intrigada, Auri dejó a Fulcro en el suelo, con cuidado, y levantó una hoja. Le resultaba vagamente familiar. Se puso a buscar y encontró un puñado de ellas esparcidas cerca de una puerta abierta. Las recogió, y entonces, cuando las tuvo todas juntas en una mano, lo entendió.

Emocionada, se llevó a Fulcro a Manto. Antes de irse, lo besó en la cara y lo dejó cómodamente instalado en su repisa, con el hueco hacia abajo, por supuesto. Entonces fue rápidamente a Puerto y levantó el cuenco de plata. Acercó la hoja que llevaba en la mano a las hojas entrelazadas, grabadas alrededor del borde. Eran iguales.

Sacudió la cabeza; no estaba segura de qué podían presagiar. Sin embargo, solo había una forma de averiguarlo. Auri levantó el cuenco de plata y, presurosa, regresó a Recolecta.

Atravesó el portal donde había encontrado el montoncito de hojas. Pasó por encima de un alud de piedras. Esquivó una viga caída.

No sabía si había estado alguna vez en aquella parte de Recolecta, pero encontrar el camino era lo más fácil que podías imaginar. Aquí y allá, una hoja o dos marcarían el suelo, como migas de pan.

Por fin llegó al fondo de un hueco estrecho que ascendía en línea recta. ¿Una antigua chimenea de épocas anteriores? ¿Un túnel de huida? ¿Un pozo?

Era estrecho y empinado, pero Auri era muy menuda. Y, pese a cargar con el cuenco de plata, trepó por él ágil como una ardilla. En lo alto encontró un tablón de madera, ya parcialmente torcido. Lo apartó sin dificultad y salió a la habitación de un sótano.

La habitación, con multitud de estantes, estaba llena de polvo; era evidente que no se utilizaba para nada. Había toneles amontonados en los rincones. Estantes donde se apretujaban paquetes, barriles y cajas. Entre el olor a polvo, Auri percibió un tufillo a calle, sudor y hierba. Miró alrededor y vio una ventana en lo alto de la pared, y debajo, en el suelo, cristales rotos.

Era un lugar ordenado, exceptuando las hojas esparcidas por el suelo que habían entrado con alguna tormenta olvidada. Había sacos de harina de maíz y de cebada. Manzanas de invierno. Paquetes de papel encerado llenos de higos y dátiles.

Auri se paseó por la habitación con las manos detrás de la espalda. Caminaba ligera como una bailarina sobre un tambor. Barriles de melaza. Tarros de fresas en conserva. Unas calabazas habían rodado de su saco de arpillera junto a la puerta. Volvió a meterlas en su sitio con la punta del pie y cerró el saco tirando con fuerza de la cuerda.

Se agachó para observar de cerca uno de los estantes más

bajos. Una hoja había ido a parar encima de una pequeña vasija de arcilla. Con movimientos cautelosos, levantó la hoja, apartó la vasija y puso el cuenco de plata en su sitio. Dejó la hoja dentro del cuenco.

Se permitió echar una única y nostálgica ojeada por la habitación, solo eso. Entonces volvió sobre sus pasos. Hasta que no hubo llegado al oscuro y conocido Recolecta no volvió a respirar tranquila. Entonces, impaciente, sacudió el polvo de su nuevo tesoro. Si había que dar crédito al dibujo, la vasija contenía aceitunas. Eran adorables.

Las aceitunas se fueron a Guardamangel. Estaban un poco solas en su anaquel, pero estar solas era mucho mejor que no ser nada salvo eco vacío, sal y mantequilla llena de cuchillos. Muchísimo mejor.

A continuación comprobó cómo estaban las cosas en Puerto. El frasco de color azul hielo no se sentía del todo cómodo. Se había acurrucado en el anaquel inferior, el de más hacia la izquierda, en la pared de levante. Auri lo acarició e hizo todo lo posible para tranquilizarlo. A él le gustaban las botellas. ¿Y si aquel frasco era un regalo adecuado?

Lo cogió y le dio vueltas en las manos. Pero no. Ese frasco no. Grave. Gravado. No estaba nombrado para nadie más.

Pero ¿y otra botella? Eso sí parecía indicado. No del todo, pero casi.

Pensó en el tocador de Tumbrel. El día anterior le había parecido ordenado y auténtico. Pero entonces ella iba ligeramente andrajosa; no estaba en su mejor momento. Tal vez hubiera alguna botella mezclada entre las otras. Algo erróneo, perdido o fuera de lugar.

Al menos, era un sitio por donde empezar. Así que Auri recogió el tibio y dulce peso de Fulcro y lo envolvió con sus brazos. Y como él todavía no los había visto, tomó el camino que pasaba por Caraván, Masallá y Lucente, ligeramente más largo, antes de dirigirse a Galeras.

Paró a descansar en Redondel, su salita circular, nueva y perfecta. Fulcro se instaló como un rey en la butaca de terciopelo mientras que Auri se tumbó en el diván y dejó que sus brazos se recuperaran del dulce dolor que le había provocado transportarlo.

Pero tenía demasiado trabajo y no podía entretenerse. Así que volvió a recoger la pesada rueda y subió lentamente por la escalera sin nombre, tomándose su tiempo para que Fulcro tuviera ocasión de admirar la extraña y sugerente coquetería del lugar. Y como los dos eran buena gente, ambos ignoraron la tímida puerta que había en el rellano.

Entró en Tumbrel. Se metió por la pared y vio que la habitación estaba tal como ella la recordaba. No del todo auténtica, como Redondel. Pero no había nada descaradamente torcido. Nada soslayado, ni perdido, ni escandalosamente erróneo. Ahora que el tocador estaba arreglado, Tumbrel parecía dispuesto a sumirse en un largo y tibio sueño de invierno.

Aun así, Auri había llegado hasta allí, así que abrió el ropero y escudriñó su interior. Tocó el orinal. También inspeccionó el armario, y, educada, saludó con la cabeza a la escoba y el cubo que había allí.

Fijó la vista en el tocador, donde había unas cuantas botellas muy bonitas. Hubo una que le llamó especialmente la atención. Era pequeña y pálida. Centelleante, como el ópalo. Perfecta, con un cierre muy astuto. No hizo falta que la abriera para ver que dentro había aliento. Era preciosa.

Levantó a Fulcro por encima de su cabeza y trató de mirar por el centro del agujero redondo de su centro. Confiaba en descubrir algo que hasta entonces no hubiera visto. Algo suelto o enredado. Unos hilos de los que Auri pudiera tirar para soltar algo. Pero no. Tanto si lo miraba de frente como de lado, el tocador estaba muy bien puesto en su sitio.

Una botella destellante llena de aliento podía ser un obsequio magnífico. Pero no. Cogerla habría sido tan estúpido y grosero como arrancarse un diente para poder hacer con él un abalorio y ensartarlo en un hilo.

Dio un suspiro y se marchó. Pasó por la pared y bajó por la escalera sin nombre. Quizá pudiera ir a cazar a Lina, era un sitio tranquilo, y debía de...

Fue entonces. Cuando bajaba, una piedra traviesa se movió bajo la planta de su pie. Cuando Auri salía, pensativa, de Tumbrel y bajaba por la escalera sin nombre, un peldaño de piedra se ladeó y la empujó hacia delante. Se tambaleó.

Auri lanzó un grito; Fulcro se sobresaltó y dio un brinco hacia atrás. Giró, se cayó de sus brazos y se alejó de la nube de cabello dorado de Auri. Pese a lo pesado que era, casi parecía que flotara en lugar de caer; entonces dio un giro, se volcó y golpeó el séptimo escalón. Lo golpeó tan fuerte que rajó la piedra y rebotó; saltó por los aires y volvió a girar; cayó plano contra el suelo y se hizo añicos en el rellano.

El ruido que produjo fue como el lamento de una campana rota. Un sonido como el de un arpa moribunda. Los pedazos, relucientes, se esparcieron por el suelo al golpear la piedra.

Auri logró mantenerse en pie. No se cayó, pero el corazón se le heló en el pecho. Se sentó en un escalón. Estaba demasiado conmocionada para andar. Tenía el corazón frío y blanco como la tiza.

Lo notaba, como si todavía lo tuviera en las manos. Veía las marcas que sus afilados bordes le habían grabado en la piel. Se levantó y, arrastrando los pies, rígida, bajó la escalera. Daba pasos torpes y tambaleantes, pues otros peldaños intentaban hacerla tropezar; caminaba como esos ancianos enajenados que no paran de contar una y otra vez un chiste sin gracia.

Auri lo sabía. Debería haber tenido más cuidado con el mundo. Ella conocía la naturaleza de las cosas. Sabía que si no pisabas siempre ligero como un pájaro, el mundo se derrumbaba para aplastarte. Como un castillo de naipes. Como una botella contra la piedra. Como una muñeca fuertemente agarrada por una mano con el aliento cálido y con olor a deseo y a vino...

Tiesa como un palo, Auri se quedó al pie de la escalera. Cabizbaja y rodeada de su flotante cabellera soleada. Aquello era lo peor de lo peor. No se atrevía a mirar más allá de sus pies manchados de polvo.

Pero no podía hacer nada más. Alzó la mirada y miró con los ojos entrecerrados. Escudriñó. Y entonces vio los pedazos y el corazón le dio un vuelco en el pecho. No. No se había hecho añicos, sino que se había roto. Fulcro se había roto.

Poco a poco, la cara de Auri se rompió también. Se rompió para componer una sonrisa tan amplia que se diría que se había comido la luna. ¡Sí, sí! Fulcro se había roto, pero no era incorrecto que se hubiera roto. Los huevos se rompen. Los caballos se rompen. Las olas rompen. ¡Claro que se había roto! ¿De qué otra forma podía alguien tan centrado en la certeza soltar sus respuestas al mundo? Había cosas que, simplemente, eran demasiado auténticas para quedarse.

Fulcro se había partido en tres trozos. Tres piezas de bordes irregulares, con tres dientes cada una. Ya no era un alfiler clavado en el corazón de las cosas. Se había convertido en tres treses.

Entonces la sonrisa de Auri se hizo aún más amplia. ¡Oh! ¡Claro! Lo que andaba buscando no era una cosa. No era de extrañar que sus búsquedas no hubieran servido de nada. No era de extrañar que todo estuviera incorrectamente ladeado. Eran tres cosas. Él iba a traer tres, y por tanto, ella debía hacer lo mismo. Tres treses perfectos serían su regalo para él.

Auri arrugó la frente, se volvió y miró hacia lo alto de la escalera. El engranaje había golpeado el séptimo escalón. Fulcro lo había destrozado flagrantemente. Así pues, no eran siete. Otra cosa en la que Auri se había equivocado. Él no iba a ir al séptimo día. Iba a ir ese día.

En otro momento, esa revelación la habría desbaratado por completo. La habría hecho girar sobre sí misma, furiosamente, y habría dejado de ser auténtica. La habría torcido y enredado y le habría arrebatado toda esperanza. Pero no ese día. No con la verdad tan dulcemente expuesta ante ella. No con todo, de pronto, tan claro y evidente. Tres cosas eran fáciles si sabías cómo.

Auri se sentía tan abrumada que tardó varios minutos en darse cuenta de dónde estaba. O mejor dicho, se dio cuenta de que la escalera sabía, por fin, dónde estaba. Sabía qué era. Dónde le correspondía estar. Tenía un nombre. Estaba en Nuevemente.

El corazón oculto de las cosas

Auri recogió los treses y regresó a Manto. Le pareció que ya no pesaban tanto, pero eso no le sorprendió. Habían derramado sus secretos, y Auri sabía muy bien lo pesados y difíciles de contener que podían volverse los secretos.

De vuelta en Manto, Auri distribuyó meticulosamente los treses. Pero antes de que hubiera terminado de colocarlos a lo largo de la pared, vio la forma de su primer obsequio para él. Estaba más claro que el agua. Ahora entendía que allí sobrara tanto suelo. Ahora entendía que nunca hubiera utilizado el segundo anaquel de la pared.

Los dientes eran maravillosos. Sumamente auténticos. Brillaban como deseos de un cuento de hadas.

Al ver cómo tenía que ser, Auri cogió el primer diente brillante y lo llevó a Tumbrel. Pasó por Galeras, con sus hombres en cueros, y por Redondel, perfectamente circular, y por Nuevemente, tan displicente con su nuevo nombre.

Sonriendo, llevó el reluciente tres de latón al cajón del ropero. El diente se acurrucó sin esfuerzo; encajaba allí como un amante o una llave. Auri metió las manos y notó la fresca y blanca suavidad de la sábana en las yemas de los dedos. La sacó y se la acercó a los labios.

Ya tenía libertad para marcharse; jadeante, Auri volvió a

toda prisa a Manto con la sábana apretada contra el pecho.

El segundo tres lo llevó directamente a Tocs. Y por un instante, Auri dejó atrás la Subrealidad. Una pared semiderruida, una escalera oculta; cruzó un sótano y subió al almacén de la mejor posada que conocía. Allí dejó el tres y se llevó un precioso colchoncillo blanco relleno de inocencia y plumón. Era blando y fino, repleto de dulces susurros y caminos recordados.

Pese a lo cargada que iba, Auri corrió por los túneles, ágil como una gacela.

De vuelva en Manto, extendió el colchón con cuidado junto a la pared opuesta a la de su cama. Lo bastante cerca para que, si fuera necesario, ella solo tuviera que susurrar. Lo bastante cerca para que, si él quisiera, pudiera cantarle por la noche.

Al pensar eso se sonrojó un poco; luego puso la sábana, tan suave y tan tersa, en la cama que le estaba preparando. La alisó esmeradamente con las dos manos. Era delicada y tierna como un beso en la piel.

Con una sonrisa en los labios, Auri fue a Puerto a buscar la manta. Claro que la manta la había abandonado. La manta había entendido la realidad de las cosas mucho antes. Ya no era para ella, sencillamente. Auri la extendió sobre la cama y comprobó que ya no le tenía miedo al suelo. Se apartó un poco y la contempló, tan suave y tan dulce, tan inofensiva y bonita.

De Puerto se llevó su preciosa taza de té. Se llevó el libro con tapas de piel, sin cortar y sin leer y absolutamente desconocido. Se llevó la estatuilla de piedra. Puso las tres cosas en el anaquel junto a la cama que le había preparado, para que él tuviera sus propias cosas bellas.

Y ya estaba. Ya tenía un obsequio para él: un sitio seguro donde quedarse.

Por mucho que deseara parar y regodearse, Auri tenía que continuar. Ese día, la regla era el tres. Necesitaba dos regalos más.

Auri volvió a Puerto y pasó la vista por los anaqueles con su mejor mirada de hacedora. Y como era un día de elaboraciones, y con aquel viento tan precioso a sus espaldas, Auri pensó qué podría él necesitar.

Era una forma de pensar diferente. Aunque no deseara nada para ella misma, sabía que aquellas cosas eran peligrosas.

Observó el tarro de las bayas de acebo, y lo atrajo, pero sabía que no era para él. No del todo. Era un obsequio para una visita imprevista. El panal... casi. Extendió un brazo y, con dos dedos, tocó el tarro de frutos de laurel. Levantó la tapa y lo acercó a la luz. Era verdad que a él le faltaban laureles.

Y entonces cayó. Claro. Esbozó una sonrisa. ¿Acaso había algo mejor para mantener a raya la ira? Además, era la tercera parte de una cosa que ella ya había empezado. Una vela. Una vela era lo ideal para él.

De pronto, Auri se detuvo; todavía tenía el tarro en las manos. Contuvo la respiración y pensó en la dura realidad del momento. Una vela significaba derretir. Y fusionar. Sobre todo, significaba un molde. Notó que se le fruncía toda la cara al pensar en bañar algo para él. Eso no habría sido correcto en absoluto; él no era para cosas hechas poquito a poco.

No. Un molde. Era la única forma de hacer una vela lo bastante bonita para él.

Y eso significaba Recaudo.

Auri apenas titubeó. Por ella misma no se habría atrevido a hacerlo, pero así era como tenía que ser, sencillamente. ¿Acaso no se merecía él unas cuantas cosas bonitas? Después de todo lo que había hecho, ¿no se merecía un regalo precioso y magnífico?

Claro que sí. De modo que Auri, decidida, se dirigió a Manto. Y abrió de par en par la puerta forrada de hierro. Y entró en Recaudo.

Era un lugar limpio y tranquilo.

Había un banco de trabajo oscuro, liso y duro como la piedra. A los lados había unos soportes. Un torno. Un juego de aros flotantes. Un soporte para quemador. Había llaves y grifos, bien ordenados: de acero, latón y hierro.

En una pared había varios estantes llenos de numerosas y diversas herramientas del oficio. Ácidos y reactivos en sus matraces con tapón. Sulfonio en un tarro de piedra. Estantes de polvos, sales, tierras y hierbas. Aceites y ungüentos. Catorce aguas. Doble cal. Alcanfor. Todo perfecto. Todo auténtico. Todo recogido, preparado y almacenado de la manera más correcta.

Había instrumentos. Alambiques y retortas. Una preciosa lámpara de alcohol sin mecha. Resortes de cobre. Crisoles, tenacillas y ollas de esterilización. Había cedazos, filtros y cuchillos de cobre. Había un molinillo y una limpia y reluciente prensa.

También había repisas de piedra. Repisas cuidadosas. En ellas se acumulaban las botellas, detrás de un cristal muy grueso. Esas botellas no estaban ordenadas, como los objetos de los otros estantes. No tenían etiqueta. Eran mudas. Una contenía gritos. Otra, furia. Había muchas botellas, y esas dos no eran las peores.

Auri puso el tarro de frutos de laurel encima del banco de trabajo. Era muy menuda, como una niña mendiga. Normalmente, las cosas no se adaptaban a su tamaño. La mayoría de las mesas eran demasiado altas; aquella, en cambio, no.

Antes, aquella habitación le pertenecía. Pero no. Aquella habitación había pertenecido a alguien en otro momento. Ahora, no. Ya no. No era un lugar. Era una sábana vacía de nada que no podía pertenecer. No era para ella.

Auri abrió un cajón del banco de trabajo y sacó un molde de latón circtangular. Apropiado para una vela.

Con gesto grave, Auri observó los frutos de laurel. Eran tan reverentes como se podía esperar de ellos, pero también arrogantes. Y contenían una pizca de frío de viento del norte. Eso había que suavizarlo. Y... sí. También discurría por ellos una veta de ira. Auri suspiró. Eso no podía ser de ninguna manera.

Los escudriñó y calculó mentalmente. Mirando alternadamente el molde y el tarro de frutos, vio que la cera que tenía no sería suficiente. No para hacer una vela entera. No para hacer una vela correcta. No para él.

Auri se marchó y regresó con el panal. Con movimientos muy bien calculados, lo puso en la prensa y lo exprimió hasta que la miel cayó en el tarro limpio y transparente que había puesto debajo. Solo tardó un minuto.

Dejó que el panal acabara de gotear y, mientras tanto, encendió la lámpara sin mecha e hizo girar el soporte de modo que sostuviera el crisol a la altura adecuada. Abrió la prensa y levantó la hoja de cera de abeja; la dobló en cuartos y la puso en el crisol. No había mucha, quizá la suficiente para llenarle las dos manos ahuecadas. Pero una vez que hubiera derretido los frutos de laurel, sí habría suficiente para llenar el molde.

Auri observó cómo se derretía la cera y asintió con la cabeza. Era una cosa somnolienta. Llena de dulzura otoñal, diligencia y recompensa merecida. Las campanas tampoco estaban de más. No había nada en ella que Auri no deseara para él.

La miel y el laurel tal vez habrían bastado si se hubiera tratado de una simple vela de poeta, pero él no era un simple poeta. Auri necesitaba algo más.

Una pizca de alcanfor habría sido ideal. Solo un pellizco, una chispa, un poquitín de algo volátil. Pero no tenía alcanfor, y desearlo no era prudente. Así que, en su lugar, cogió un poco de la brea perfecta que tenía en Puerto. Como vínculo, y para reforzarle el corazón de cara al invierno.

Auri removió la cera de abeja con una fina varilla de cristal. Sonrió. Trabajar con los utensilios adecuados era un lujo. Mientras esperaba a que la resina se disolviera, Auri silbaba al remover, y sonreía. Ese sería su secreto. La vela también llevaría dentro su silbido.

Entonces entró en Manto y observó las perfectas flores de lavanda de su tarro de cristal gris. Sacó un ramito, y luego otro. Entonces Auri sintió que la vergüenza ardía en su pecho. Aquel no era momento para hacer economías. Él nunca escatimaba su ayuda. ¿Acaso no se merecía unos sueños dulces?

Auri apretó las mandíbulas y sacó la mitad de la lavanda del tarro. A veces podía llegar a ser pero que muy avariciosa.

Volvió a Recaudo. Vertió los frutos de laurel en el molinillo. En el tiempo que se tarda en respirar tres veces, estaban adecuadamente molidos. Entonces Auri paró y contempló la masa de fruta triturada.

Sabía qué era lo correcto con el laurel. Sabía la paciencia que requerían las cosas. Había que moler y hervir los frutos cerosos. Pasarlos por el tamiz. Volver a hervirlos y clarificarlos y enfriarlos para separar la cera. Se tardaba una eternidad, incluso con los utensilios adecuados. Horas y horas.

Pero él no tardaría en llegar. Auri lo sabía. Sabía que no tenía tiempo para hacerlo de aquella forma.

Y aunque le dedicara todo el día, dentro de la cera habría principios que no eran adecuados para él. Él estaba lleno de ira y desesperación. Y también tenía una plétora de orgullo.

Existían medios para extraer esas cosas. Auri los conocía todos. Conocía los círculos giratorios de la calcinación. Sabía sublimar y extraer. Sabía aislar un principio no exclusivista mejor que nadie que lo hubiera intentado jamás.

Pero aquel no era momento para suplicarle favores a la

luna. En absoluto. Auri no podía precipitarse, y tampoco podía retrasarse. Había cosas que eran demasiado importantes, sencillamente.

Era tal como decía Mandrag: nueve décimas partes de la alquimia eran química. Y nueve décimas partes de la química consistían en esperar.

¿Y la otra parte, esa pequeña décima parte? Eso era algo que Auri conocía muy bien. Ella había aprendido mucho tiempo atrás la esencia de la alquimia. La había estudiado antes de llegar a entender la verdadera forma del mundo. Antes de descubrir la clave para ser pequeña.

Sí, dominaba su oficio. Conocía sus caminos ocultos y sus secretos. Las artes sutiles, dulces y convincentes que te convertían en una persona habilidosa. Tantos caminos diferentes. Había gente que inscribía, que describía. Había símbolos. Significantes. Vínculos y vinculaciones. Fórmulas. Mecanismos matemáticos...

Pero ahora Auri sabía mucho más que eso. Gran parte de lo que antes creía que era cierto eran simples trucos. Eran solo formas ingeniosas de hablarle al mundo. Eran regateos. Súplicas. Llamadas. Gritos.

Pero debajo de todo eso, había un secreto en lo más profundo del corazón oculto de las cosas. Eso Mandrag nunca se lo había explicado. Auri creía que él no lo sabía. Ella había descubierto por sí sola ese secreto.

Ella conocía la verdadera forma del mundo. Todo lo demás era sombra y sonido de tambores lejanos.

Auri asintió con la cabeza con gesto de gravedad. Recogió los cerosos frutos molidos, los puso en un tamiz y colocó el tamiz encima de un tarro.

Cerró los ojos. Cuadró los hombros. Inspiró hondo y despacio.

Se palpaba cierta tensión en la atmósfera. Cierto peso. Cierta espera. No soplaba viento. Auri no dijo nada. El mundo se tensaba cada vez más.

Auri expulsó el aire y abrió los ojos.

Era muy menuda, como una niña mendiga. Pisaba el suelo de piedra con los piececillos descalzos.

Se levantó, y dentro del círculo de su pelo dorado sonrió y lanzó todo el peso de su deseo sobre el mundo.

Y todas las cosas se estremecieron. Y todas las cosas supieron cuál era su voluntad. Y todas las cosas cedieron a sus deseos.

Poco después, Auri regresó a Manto con una vela de color alazán prensada con lavanda. Olía a laurel y a abejas. Era perfecta.

Auri se lavó la cara. Se lavó las manos y los pies.

Faltaba poco. Ella lo sabía. Dentro de poco él iría a visitarla. Encarnado, dulce, triste y dañado. Igual que ella. Iría a visitarla, y como era un caballero, le llevaría tres cosas.

Sonriente, Auri casi se puso a danzar. Ella también tendría tres cosas para él.

Primero, una vela inteligente, muy Táborlin. Muy cálida y repleta de poesía y de sueños.

Después, un lugar apropiado. Un estante donde él podría poner su corazón. Una cama donde dormir. Allí, nada podría hacerle daño.

¿Y la tercera cosa? Bueno... Escondió la cara y sintió que el rubor le cubría lentamente las mejillas...

Auri se distrajo; estiró un brazo y cogió el soldadito de piedra que reposaba en el estante junto a la cama. Qué raro, nunca se había fijado en el dibujo que llevaba en el escudo. Apenas se veía. Pero sí: había una torre envuelta en una lengua de fuego. No era un simple soldado, sino un pequeño Amyr de piedra.

Auri se fijó mejor y descubrió unas finas líneas en los brazos

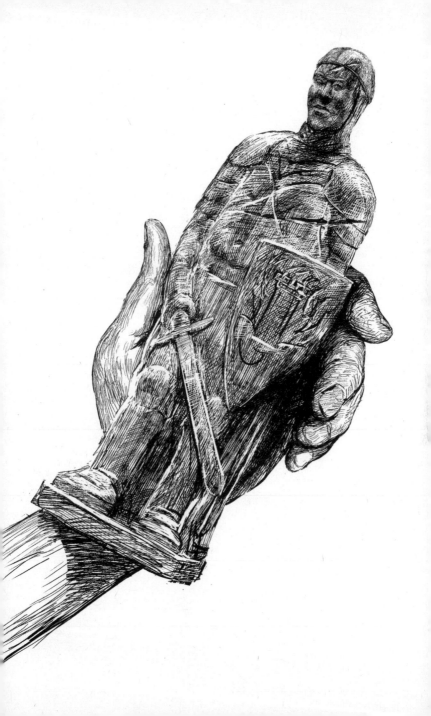

del soldado. No entendía cómo podía no haberse fijado en ellas antes. Era un Ciridae en miniatura. Claro. Claro que lo era. Si no, no habría sido un regalo adecuado para él. Besó la figurilla y volvió a dejarla en el anaquel.

Sin embargo, estaba la tercera cosa. Esa vez Auri no se ruborizó. Sonrió. Se lavó la cara, las manos y los pies. Entonces se dirigió a Puerto y abrió el tarro de bayas de acebo. Sacó una sola semilla que cogió con el índice y el pulgar. La diminuta baya brillaba como la sangre pese a la luz verdosa de Foxen.

Auri fue correteando hasta Caraván y se miró en el espejo. Se pasó la lengua por los labios y se los frotó con la baya, pasándola de izquierda a derecha. Entonces volvió a pasar la baya una y otra vez, de un lado a otro, por encima de sus labios.

Se miró en el espejo. Estaba igual que antes. Sus labios eran de un rosa pálido. Sonrió.

Auri regresó a Manto. Se lavó la cara, las manos y los pies.

Burbujeante de emoción, Auri remiró la cama que le había preparado. La manta. El estante con el Amyr diminuto esperando allí para protegerlo.

Era perfecto. Era correcto. Era un principio. Algún día, él necesitaría un lugar, y ya lo tenía allí, preparado. Algún día, él iría y ella lo cuidaría. Algún día él sería todo de cáscara de huevo, hueco y vacío en la oscuridad.

Y entonces... Auri sonrió. No para ella. No. No para ella, eso nunca. Ella debía permanecer pequeña y oculta, bien escondida del mundo.

Pero para él era completamente diferente. Para él, Auri emplearía todo su deseo. Emplearía toda su astucia y todo su arte. Y entonces haría un nombre para él.

Auri giró tres veces sobre sí misma. Olisqueó el aire. Sonrió. A su alrededor todo era correctamente auténtico. Ella sabía exactamente dónde se encontraba. Se encontraba exactamente donde debía encontrarse.

Colofón

En las profundidades de la Subrealidad, con las baldosas calientes bajo las plantas de los pies, Auri oyó una débil y dulce música a lo lejos.

Nota final del autor

Dejad que os cuente una historia sobre otra historia. Porque a eso es a lo que me dedico.

En enero de 2013, estaba en un bar de San Francisco con Vi Hart, matemúsica, videotrix y persona maravillosa. Ambos habíamos sido fans durante años de nuestros respectivos trabajos y, hacía poco, un amigo común nos había presentado.

Era nuestro primer encuentro cara a cara. Yo acababa de terminar el primer borrador de la historia que ahora tienes en tus manos, y Vi había accedido a echarle un vistazo y darme su opinión.

Pasamos un par de horas hablando de la historia, y con frecuencia nuestra conversación derivaba por caminos extraños, como suele pasar con las buenas conversaciones.

Me hizo comentarios muy acertados. No solo eran inteligentes, sino asombrosamente perspicaces. Cuando se lo mencioné, lo encontró gracioso, y me explicó que, en gran medida, lo que hacía ella era escribir. Escribía los guiones de sus vídeos, y luego los grababa. La parte más difícil del trabajo consistía en escribir el guión.

Vi señaló algunas cosas que tenía que retocar, partes que no estaban suficientemente pulidas, algunas incongruencias. También señaló las partes que más le gustaban, y hablamos de la historia en general.

Debería mencionar que, a esas alturas de la velada, yo estaba ligeramente borracho, lo que es poco habitual en mí. Pero como habíamos quedado en un bar, me pareció educado pedir una copa. Luego pedí otra porque Vi se estaba tomando la segunda, y no quería parecer raro. Luego me bebí otra porque estaba un poco nervioso, pues acababa de conocer a Vi. Y a continuación, otra porque estaba un poco nervioso por el futuro de mi relato.

Bueno, seré sincero: estaba algo más que un poco nervioso respecto a ella. En el fondo, muy en el fondo, sabía que mi recién creada historia era un tren con muchos números para descarrilar. Con muchos números para protagonizar un descarrilamiento estrepitoso y colosal.

—No hace lo que se supone que debe hacer —le dije a Vi—. Un relato tiene que tener diálogos, acción, conflictos. Tiene que tener más de un personaje. ¡Lo que he escrito es una viñeta de treinta mil palabras!

Vi dijo que a ella le gustaba.

—Bueno, sí —dije—. A mí también me gusta. Pero eso no importa. Verás, los lectores esperan ciertas cosas de un relato —expliqué—. Puedes prescindir de una o dos si vas con cuidado, pero no puedes pasar olímpicamente de todas ellas. Lo más parecido que tengo a una escena de acción es el momento en que el personaje fabrica jabón. Me paso ocho páginas describiendo cómo una persona fabrica jabón. Ocho páginas de un relato de sesenta fabricando jabón. Es de locos.

Como ya he dicho, estaba muy preocupado por el relato. Y quizá algo más que ligeramente borracho. Y por fin tenía ocasión de desahogarme y confesar algo que hasta entonces no había compartido con nadie.

—Cuando lean esto, mis lectores se van a cabrear —predije.

Vi me miró con gesto serio.

—Pues yo he sentido más conexión emocional con los objetos inanimados de esta historia de la que normalmente siento por los personajes de los libros —me explicó—. La historia es buena.

Pero yo no me dejaba convencer. Sacudí la cabeza, sin mirar siquiera a Vi.

—Los lectores esperan ciertas cosas de mí. La gente leerá esto y se llevará una decepción. No hace lo que se supone que tiene que hacer una historia normal.

Entonces Vi dijo una cosa que siempre recordaré:

—Esos, que se jodan. Esos pueden leer montones de historias. Pero ¿y yo? ¿Dónde están las historias para las personas como yo?

Lo dijo con apasionamiento, dureza y hasta un ligero enojo. Habría podido dar una fuerte palmada en la mesa. No lo hizo, pero a mí me gusta pensar que sí, que dio una palmada. Venga, digamos que la dio.

—Deja que esas otras personas tengan sus historias normales —continuó Vi—. Esta historia no es para ellas. Esta es mi historia. Es para personas como yo.

Es una de las cosas más bonitas que me han dicho jamás.

Yo no tenía previsto escribir esta novela. O mejor dicho, no tenía previsto que esta historia sobre Auri saliera como salió.

Empecé a escribirla a mediados de 2012. La concebí como un relato para la antología *Rogues* editada por George R. R. Martin y Gardner Dozois. Preveía que fuera una historia con trampa, y pensé que Auri podía ser un buen complemento de los granujas más tradicionales, más tipo delincuente, que sin ninguna duda aparecerían en ese libro.

Sin embargo, la historia no derivó por donde yo esperaba.

Era más complicada que un simple cuento con trampa, y Auri encerraba muchos más secretos y misterios de lo que yo sospechaba.

Cuando la historia sobre Auri alcanzó las catorce mil palabras, la abandoné. Era demasiado larga. Demasiado rara. Además, había quedado claro que no encajaba en la antología. Auri no era una simple tramposa. Y sobre todo, aquello no tenía nada que ver con la historia de un granuja.

Pese a que ya se me había pasado el plazo de entrega, Martin y Gardner fueron muy comprensivos y me ofrecieron un poco más de tiempo. Entonces escribí *The Lightning Tree*, una historia protagonizada por Bast que encajaba mucho mejor en la antología.

Pero la historia sobre Auri seguía rondándome por la cabeza, y comprendí que la única forma de librarme de ella era terminarla. Además, desde hacía mucho tiempo le debía a Bill Schaffer de Subterranean Press una novela corta. Él había publicado mis dos libros ilustrados «no para niños», *Las aventuras de la Princesa y el señor Fu: la cosa de debajo de la cama* y su secuela, *The Dark Of Deep Below*. Por lo tanto, yo sabía que a Bill no le asustaban las historias un poco raras.

Así pues, seguí escribiendo la historia, que siguió alargándose y volviéndose cada vez más extraña. Por entonces ya me di cuenta de que no tenía nada de normal. No hacía las cosas que deben hacer las historias como Dios manda. Era, según todos los parámetros tradicionales, un desastre.

Pero el caso es que me gustaba. Era rara, descabellada, complicada y carecía de muchos elementos que se supone que necesitan las historias. Pero, de alguna manera, funcionaba. Por una parte, con ella yo estaba aprendiendo mucho sobre Auri y la Subrealidad, y además, la historia en sí tenía cierto encanto.

Por el motivo que sea, dejé que la historia se desarrollara según sus propios deseos. No le impuse otra forma, ni introduje en ella nada por la sencilla razón de que se suponía que debía contenerlo. Decidí que fuera ella misma. Al menos, de momento. Al menos, hasta que hubiera llegado al final. Era consciente de que, seguramente, luego tendría que sacar el hacha y practicar una cirugía cruel para convertirla en algo más normal. Pero todavía no.

Veréis, no era la primera vez que me sucedía. *El nombre del viento* hace muchas cosas que no debería hacer. El prólogo es un decálogo de todo lo que no debe hacer un escritor. Y sin embargo... funciona. A veces, una historia funciona precisamente porque es diferente. Tal vez la de Auri fuera de esa clase de historias...

Pero cuando escribí la escena de las ocho páginas, donde Auri fabrica el jabón, comprendí que no era ese el caso. Estaba escribiendo una *trunk story*. Para quienes no conozcáis ese término, una *trunk story* es una obra que, una vez escrita, metes en el fondo de un baúl y te olvidas de ella. No es el tipo de historia que puedes vender a un editor. No es el tipo de historia que la gente quiere leer. Es de esas historias que escribes y que, luego, en tu lecho de muerte, recuerdas y le pides a algún buen amigo que queme todos tus escritos inéditos. Después de borrar el historial de navegación de tu ordenador, por supuesto.

Yo sabía que Bill, de Sub Press, estaba abierto a proyectos extraños, pero... ¿una cosa así? No. No, aquella era una historia que yo tenía que escribir para sacármela de la cabeza. Tenía que escribirla para aprender sobre Auri y sobre el mundo. (Que se llama Temerant, por cierto. Lo habéis pillado, ¿no?)

Dicho de otro modo: yo sabía que esta historia era para mí. No era para otros. A veces, pasa.

Sin embargo, me gustaba. Era rara y tierna. Por fin había encontrado la voz de Auri, por quien siento un gran cariño. Y como había aprendido a escribir en tercera persona, no era una pérdida de tiempo total.

Cuando la hube terminado, se la envié a mi agente, Matt; es lo que solemos hacer los escritores. Le expliqué que iba a ofrecérsela a Bill, pero que no estaba seguro de que le interesara, puesto que, narrativamente hablando, era un tren con muchos números para descarrilar.

Pero Matt la leyó, y le gustó.

Me llamó por teléfono y me dijo que deberíamos enviársela a Betsy, mi editora de DAW.

—Betsy no la va a querer —dije—. Es un desastre. Parece escrita por un chalado.

Matt me recordó que, según mis contratos, Betsy tenía primera opción sobre todos los libros que yo escribiera en el futuro.

—Además —añadió—, lo educado es informarla. Ella es tu editora principal.

Le di la razón y le dije que se la enviara, pese a que me avergonzaba un poco imaginarme a Betsy leyendo aquella historia.

Pero Betsy la leyó y le gustó. Le gustó mucho. Quería publicarla.

Entonces fue cuando rompí a sudar.

A lo largo de muchos meses tras mi conversación con Vi Hart, he revisado esta historia unas ocho veces. (Lo que no es habitual en mí. Normalmente, reviso mucho más mis textos.)

Como parte de ese proceso, la he pasado a cerca de tres docenas de lectores beta, y las opiniones que ellos me han devuelto me han ayudado a realizar mis interminables y obsesivas correcciones. Y un comentario que han hecho muchas de esas personas, expresado de diversas maneras, es este: «No sé qué pensarán los demás. Seguramente no les gustará. Pero a mí me ha encantado».

Me sorprende que tantas personas hayan dicho lo mismo, de una forma o de otra. Mierda, acabo de caer en que hasta yo he dicho algo parecido hace un par de páginas, en esta nota del autor.

La verdad es que le tengo mucho cariño a Auri. Esa muchacha extraña, dulce y dañada ocupa un lugar especial en mi corazón. La quiero mucho.

Creo que eso se debe a que los dos estamos dañados, cada uno a nuestra extraña manera. Y lo que es más importante: ambos lo sabemos. Auri sabe que no es del todo auténtica por dentro, y eso hace que se sienta muy sola.

Yo la entiendo.

Pero eso, por sí solo, no es inusual. Al fin y al cabo, soy el autor. Se supone que sé cómo se sienten los personajes. Hasta que no empecé a recoger opiniones, no me di cuenta de lo habitual que era esa sensación. Una persona tras otra me han dicho que empatizan con Auri. Que saben de dónde sale.

No me lo esperaba. No puedo evitar pensar que muchos recorremos nuestro camino, día tras día, sintiéndonos ligeramente dañados y solos, y que estamos siempre rodeados de otras personas que se sienten exactamente igual que nosotros.

Bueno. Si leéis este libro y no os gusta, lo siento. Es culpa mía. Es una historia rara. Quizá os guste más si la leéis otra vez. (La mayoría de mis historias gustan más la segunda vez.) Pero no tiene por qué ser así.

Si sois de los que la encuentran desconcertante o decepcionante, os pido disculpas. La verdad es que, seguramente, no era para vosotros. Por suerte, ahí fuera hay muchísimas historias más que fueron escritas precisamente para vosotros. Historias con las que disfrutaréis mucho más.

Esta historia es para todas las personas un poco dañadas que hay ahí fuera.

PAT ROTHFUSS
Junio de 2014

Índice

La música del silencio de Patrick Rothfuss
se terminó de imprimir en marzo de 2023
en los talleres de Impresos Santiago S.A. de C.V.,
Trigo No. 80-B, Col. Granjas Esmeralda, C.P. 09810,
Alcaldía Iztapalapa, Ciudad de México, México.